Anecdote trouvée dans les papiers d'un inconnu

Benjamin Constant

Loi n°49-956 du 16 juillet 1949 sur les publications destinées à la jeunesse, modifiée par la loi n°2011-525 du 17 mai 2011.

Copyright © 2022 Benjamin Constant
Edition : BoD - Books on Demand, info@bod.fr
Impression : BOD - Books on Demand, In de Tarpen 42, Norderstedt (Allemagne)
Impression à la demande
ISBN : 978-2-3224-5676-5
Dépôt légal : août 2022
Mise en page et maquettage : https://reedsy.com/
Cet ouvrage a été composé avec la police Bauer Bodoni
Tous droits réservés pour tous pays.

Anecdote trouvée dans les papiers d'un inconnu

AVIS DE L'ÉDITEUR.

Je parcourais l'Italie, il y a bien des années. Je fus arrêté dans une auberge de Cerenza, petit village de la Calabre, par un débordement du Neto; il y avait dans la même auberge un étranger qui se trouvait forcé d'y séjourner pour la même cause. Il était fort silencieux et paraissait triste; il ne témoignait aucune impatience. Je me plaignais quelquefois à lui, comme au seul homme à qui je pusse parler dans ce lieu, du retard que notre marche éprouvait. Il m'est égal, me répondaitil, d'être ici ou ailleurs. Notre hôte, qui avait causé avec un domestique napolitain qui servait cet étranger sans savoir son nom, me dit qu'il ne voyageait point par curiosité, car il ne visitait ni les ruines, ni les sites, ni les monuments, ni les hommes. Il lisait beaucoup, mais jamais d'une manière suivie; il se promenait le soir, toujours seul, et souvent il passait des journées entières assis, immobile, la tête appuyée sur les deux mains.

Au moment où les communications, étant rétablies, nous auraient permis départir, cet étranger tomba trèsmalade. L'humanité me fit un devoir de prolonger mon séjour auprès de lui pour le soigner. Il n'y avait à Cerenza qu'un chirurgien de village; je voulais envoyer à Cozenze chercher des secours plus efficaces. Ce n'est pas la peine, me dit l'étranger; l'homme que voilà est précisément ce qu'il me faut. Il avait raison, peutêtre plus qu'il ne le pensait, car cet homme le guérit. Je ne vous croyais pas si habile, lui ditil avec une sorte d'humeur en le congédiant; puis il me remercia de mes soins, et il partit.

Plusieurs mois après, je reçus à Naples une lettre de l'hôte de Cerenza, avec une cassette trouvée sur la route qui conduit à Strongoli, route que l'étranger et moi nous avions suivie, mais séparément. L'aubergiste qui me l'envoyait se croyait sûr qu'elle appartenait à l'un de nous deux. Elle renfermait beaucoup de lettres fort anciennes, sans adresses, ou dont les adresses et les signatures étaient effacées, un portrait de femme, et un cahier contenant l'anecdote ou l'histoire qu'on va lire. L'étranger, propriétaire de ces effets, ne m'avait laissé en me quittant aucun moyen de lui écrire; je les conservais depuis dix ans, incertain de l'usage que je devais en faire, lorsqu'en ayant parlé par hasard à quelques personnes dans une ville d'Allemagne, l'une d'entre elles me demanda avec instance de lui confier le manuscrit dont j'étais dépositaire. Au bout de huit jours, ce manuscrit me fut renvoyé avec une lettre que j'ai placée à la fin de cette histoire, parce qu'elle serait inintelligible si on la lisait avant de connaître l'histoire ellemême.

Cette lettre m'a décidé à la publication actuelle, en me donnant la certitude qu'elle ne peut offenser ni compromettre personne. Je n'ai pas changé un mot à l'original; la suppression même des noms propres ne vient pas de moi: ils n'étaient désignés que comme ils sont encore, par des lettres initiales.

ADOLPHE.

CHAPITRE PREMIER.

Je venais de finir à vingtdeux ans mes études à l'université de Gottingue.L'intention de mon père, ministre de l'électeur de   était que je parcourusse les pays les plus remarquables de l'Europe. Il voulait ensuite m'appeler auprès de lui, me faire entrer dans le département dont la direction lui était confiée, et me préparer à le remplacer un jour. J'avais obtenu, par un travail assez opiniâtre, au milieu d'une vie trèsdissipée, des succès qui m'avaient distingué de mes compagnons d'étude, et qui avaient fait concevoir à mon père sur moi des espérances probablement fort exagérées.

Ces espérances l'avaient rendu trèsindulgent pour beaucoup de fautes que j'avais commises. Il ne m'avait jamais laissé souffrir des suites de ces fautes. Il avait toujours accordé, quelquefois prévenu mes demandes à cet égard.

Malheureusement sa conduite était plutôt noble et généreuse que tendre. J'étais pénétré de tous ses droits à ma reconnaissance et à mon respect; mais aucune confiance n'avait existé jamais entre nous. Il avait dans l'esprit je ne sais quoi d'ironique qui convenait mal à mon caractère. Je ne demandais alors qu'à me livrer à ces impressions primitives et fougueuses qui jettent l'âme hors de la sphère commune, et lui inspirent le dédain de tous les objets qui l'environnent. Je trouvais dans mon père, non pas un censeur, mais un observateur froid et caustique, qui souriait d'abord de pitié, et qui finissait bientôt la conversation avec impatience. Je ne me souviens pas, pendant mes dixhuit premières années, d'avoir eu jamais un entretien d'une heure avec lui. Ses lettres étaient affectueuses, pleines de conseils raisonnables et sensibles; mais à peine étionsnous en présence l'un de l'autre, qu'il y avait en lui quelque chose de contraint que je ne pouvais m'expliquer, et qui réagissait sur moi d'une manière pénible. Je ne savais pas alors ce que c'était que la timidité, cette souffrance intérieure qui nous poursuit jusque dans l'âge le plus avancé, qui refoule sur notre coeur les impressions les plus profondes, qui glace nos paroles, qui dénature dans notre bouche tout ce que nous essayons de dire, et ne nous permet de nous exprimer que par des mots vagues ou une ironie plus ou moins amère, comme si nous voulions nous venger sur nos sentiments mêmes de la douleur que nous éprouvons à ne pouvoir les faire connaître. Je ne savais pas que, même avec son fils, mon père était timide, et que souvent, après avoir longtemps attendu de moi quelques témoignages d'affection que sa froideur apparente semblait m'interdire, il me quittait les yeux mouillés de larmes, et se plaignait à d'autres de ce que je ne l'aimais pas.

Ma contrainte avec lui eut une grande influence sur mon caractère. Aussi timide que lui, mais plus agité, parce que j'étais plus jeune, je m'accoutumai à renfermer en moimême tout ce que j'éprouvais, à ne former que des plans solitaires, à ne compter que sur moi pour leur exécution, à considérer les avis, l'intérêt, l'assistance et jusqu'à la seule présence des autres comme une gêne et comme un obstacle. Je contractai l'habitude de ne jamais parler de ce qui m'occupait, de ne me soumettre à la conversation que comme à une nécessité importune, et de l'animer alors par une plaisanterie perpétuelle qui me la rendait moins fatigante, et qui m'aidait à cacher mes véritables pensées. De là une certaine absence d'abandon qu'aujourd'hui encore mes amis me reprochent, et une difficulté de causer sérieusement que j'ai toujours peine à surmonter. Il en résulta en même temps un désir ardent d'indépendance, une grande impatience des liens dont j'étais environné, une terreur invincible d'en former de nouveaux. Je ne me trouvais à mon aise que tout seul; et tel est même à présent l'effet de cette disposition d'âme, que, dans les circonstances les moins importantes, quand je dois choisir entre deux partis, la figure humaine me trouble, et mon mouvement naturel est de la fuir pour délibérer en paix. Je n'avais point cependant la profondeur d'égoïsme qu'un tel caractère paraît annoncer: tout en ne m'intéressant qu'à moi, je m'intéressais faiblement à moimême. Je portais au fond de mon coeur un besoin de sensibilité dont je ne m'apercevais pas, mais qui, ne trouvant point à se satisfaire, me détachait successivement de tous les objets qui tour à tour attiraient ma curiosité. Cette indifférence sur tout s'était encore fortifiée par l'idée de la mort, idée qui m'avait frappé trèsjeune, et sur laquelle je n'ai jamais conçu que les hommes s'étourdissent si facilement. J'avais, à l'âge de dixsept ans, vu mourir une femme âgée, dont l'esprit, d'une tournure remarquable et bizarre, avait commencé à développer le mien. Cette femme, comme tant d'autres, s'était, à l'entrée de sa carrière, lancée vers le monde, qu'elle ne connaissait pas, avec le sentiment d'une grande force d'âme et de facultés vraiment puissantes. Comme tant d'autres aussi, faute de s'être pliée à des convenances factices, mais nécessaires, elle avait vu ses espérances trompées, sa jeunesse passer sans plaisir; et la vieillesse enfin l'avait atteinte sans la soumettre. Elle vivait dans un château voisin d'une de nos terres, mécontente et retirée, n'ayant que son esprit pour ressource, et analysant tout avec son esprit. Pendant près d'un an, dans nos conversations inépuisables, nous avions envisagé la vie sous toutes ses faces, et la mort toujours pour terme de tout; et après avoir tant causé de la mort avec elle, j'avais vu la mort la frapper à mes yeux.

Cet événement m'avait rempli d'un sentiment d'incertitude sur la destinée, et d'une rêverie vague qui ne m'abandonnait pas. Je lisais de préférence dans les poëtes ce qui rappelait la brièveté de la vie humaine. Je trouvais qu'aucun but ne valait la peine d'aucun effort. Il est assez singulier que cette impression se soit affaiblie précisément à mesure que les années se sont accumulées sur moi. Seraitce parce qu'il y a dans l'espérance quelque chose de douteux, et que, lorsqu'elle se retire de la carrière de l'homme, cette carrière prend un caractère plus sévère, mais plus positif? Seraitce que la vie semble d'autant plus réelle, que toutes les illusions disparaissent, comme la cime des rochers se dessine mieux dans l'horizon lorsque les nuages se dissipent?

Je me rendis, en quittant Gottingue, dans la petite ville de D. Cette ville était la résidence d'un prince qui, comme la plupart de ceux de l'Allemagne, gouvernait avec douceur un pays de peu d'étendue, protégeait les hommes éclairés qui venaient s'y fixer, laissait à toutes les opinions une liberté parfaite, mais qui, borné par l'ancien usage à la société de ses courtisans, ne rassemblait parlà même autour de lui que des hommes en grande partie insignifiants ou médiocres. Je fus accueilli dans cette cour avec la curiosité qu'inspire naturellement tout étranger qui vient rompre le cercle de la monotonie et de l'étiquette. Pendant quelques mois, je ne remarquai rien qui pût captiver mon attention. J'étais reconnaissant de l'obligeance qu'on me témoignait; mais tantôt ma timidité m'empêchait d'en profiter, tantôt la fatigue d'une agitation sans but me faisait préférer la solitude aux plaisirs insipides que l'on m'invitait à partager. Je n'avais de haine contre personne, mais peu de gens m'inspiraient de l'intérêt: or les hommes se blessent de l'indifférence; ils l'attribuent à la malveillance ou à l'affectation; ils ne veulent pas croire qu'on s'ennuie avec eux naturellement. Quelquefois je cherchais à contraindre mon ennui; je me réfugiais dans une taciturnité profonde: on prenait cette taciturnité pour du dédain. D'autres fois, lassé moimême de mon silence, je me laissais aller à quelques plaisanteries, et mon esprit, mis en mouvement, m'entraînait au delà de toute mesure. Je révélais en un jour tous les ridicules que j'avais observés durant un mois. Les confidents de mes épanchements subits et involontaires ne m'en savaient aucun gré, et avaient raison; car c'était le besoin de parler qui me saisissait, et non la confiance. J'avais contracté dans mes conversations avec la femme qui, la première, avait développé mes idées, une insurmontable aversion pour toutes les maximes communes et pour toutes les formules dogmatiques. Lors donc que j'entendais la médiocrité disserter avec complaisance sur des principes bien établis, bien incontestables en fait de morale, de convenance ou de religion, choses qu'elle met assez volontiers sur la même ligne, je me sentais poussé à la contredire, non que j'eusse adopté des opinions opposées, mais parce que j'étais impatienté d'une conviction si ferme et si lourde. Je ne sais quel instinct m'avertissait d'ailleurs de me défier de ces axiomes généraux si exempts de toute restriction, si purs de toute nuance. Les sots font de leur morale une masse compacte et indivisible, pour qu'elle se mêle le moins possible avec leurs actions, et les laisse libres dans tous les détails.

Je me donnai bientôt, par cette conduite, une grande réputation de légèreté, de persiflage, de méchanceté. Mes paroles amères furent considérées comme des preuves d'une âme haineuse, mes plaisanteries comme des attentats contre tout ce qu'il y avait de plus respectable. Ceux dont j'avais eu le tort de me moquer trouvaient commode de faire cause commune avec les principes qu'ils m'accusaient de révoquer en doute; parce que, sans le vouloir, je les avais fait rire aux dépens les uns des autres, tous se réunirent contre moi. On eût dit qu'en faisant remarquer leurs ridicules, je trahissais une confidence qu'ils m'avaient faite; on eût dit qu'en se montrant à mes yeux tels qu'ils étaient, ils avaient obtenu de ma part la promesse du silence: je n'avais point la conscience d'avoir accepté ce traité trop onéreux. Ils avaient trouvé du plaisir à se donner ample carrière, j'en trouvais à les observer et à les décrire; et ce qu'ils appelaient une perfidie me paraissait un dédommagement tout innocent et trèslégitime.

Je ne veux point ici me justifier: j'ai renoncé depuis longtemps à cet usage frivole et facile d'un esprit sans expérience; je veux simplement dire, et cela pour d'autres que pour moi, qui suis maintenant à l'abri du monde, qu'il faut du temps pour s'accoutumer à l'espèce humaine, telle que l'intérêt, l'affectation, la vanité, la peur, nous l'ont faite. L'étonnement de la première jeunesse, à l'aspect d'une société si factice et si travaillée, annonce plutôt un coeur naturel qu'un esprit méchant. Cette société d'ailleurs n'a rien à en craindre: elle pèse tellement sur nous, son influence sourde est tellement puissante, qu'elle ne tarde pas à nous façonner d'après le moule universel. Nous ne sommes plus surpris alors que de notre ancienne surprise, et nous nous trouvons bien sous notre nouvelle forme, comme l'on finit par respirer librement dans un spectacle encombré par la foule, tandis qu'en entrant on n'y respirait qu'avec effort.

Si quelquesuns échappent à cette destinée générale, ils renferment en euxmêmes leur dissentiment secret; ils aperçoivent dans la plupart des ridicules le germe des vices: ils n'en plaisantent plus, parce que le mépris remplace la moquerie, et que le mépris est silencieux.

Il s'établit donc, dans le petit public qui m'environnait, une inquiétude vague sur mon caractère. On ne pouvait citer aucune action condamnable; on ne pouvait même m'en contester quelquesunes qui semblaient annoncer de la générosité ou du dévoûment; mais on disait que j'étais un homme immoral, un homme peu sûr: deux épithètes heureusement inventées pour insinuer les faits qu'on ignore, et laisser deviner ce qu'on ne sait pas.

CHAPITRE II.

Distrait, inattentif, ennuyé, je ne m'apercevais point de l'impression que je produisais, et je partageais mon temps entre des études que j'interrompais souvent, des projets que je n'exécutais pas, des plaisirs qui ne m'intéressaient guère, lorsqu'une circonstance, trèsfrivole en apparence, produisit dans ma disposition une révolution importante.

Un jeune homme avec lequel j'étais assez lié cherchait depuis quelques mois à plaire à l'une des femmes les moins insipides de la société dans laquelle nous vivions: j'étais le confident trèsdésintéressé de son entreprise. Après de longs efforts, il parvint à se faire aimer; et comme il ne m'avait point caché ses revers et ses peines, il se crut obligé de me communiquer ses succès: rien n'égalait ses transports et l'excès de sa joie. Le spectacle d'un tel bonheur me fit regretter de n'en avoir pas essayé encore; je n'avais point eu jusqu'alors de liaison de femme qui pût flatter mon amourpropre; un nouvel avenir parut se dévoiler à mes yeux; un nouveau besoin se fit sentir au fond de mon coeur. Il y avait dans ce besoin beaucoup de vanité, sans doute, mais il n'y avait pas uniquement de la vanité; il y en avait peutêtre moins que je ne le croyais moimême. Les sentiments de l'homme sont confus et mélangés; ils se composent d'une multitude d'impressions variées qui échappent à l'observation; et la parole, toujours trop grossière et trop générale, peut bien servir à les désigner, mais ne se sert jamais à les définir.

J'avais, dans la maison de mon père, adopté sur les femmes un système assez immoral. Mon père, bien qu'il observât strictement les convenances extérieures, se permettait assez fréquemment des propos légers sur les liaisons d'amour: il les regardait comme des amusements, sinon permis, du moins excusables, et considérait le mariage seul sous un rapport sérieux. Il avait pour principe qu'un jeune homme doit éviter avec soin de faire ce qu'on nomme une folie, c'estàdire de contracter un engagement durable avec une personne qui ne fût pas parfaitement son égale pour la fortune, la naissance et les avantages extérieurs; mais du reste toutes les femmes, aussi longtemps qu'il ne s'agissait pas de les épouser, lui paraissaient pouvoir, sans inconvénient, être prises, puis être quittées; et je l'avais vu sourire avec une sorte d'approbation à cette parodie d'un mot connu: Cela leur fait si peu de mal, et à nous tant de plaisir!

L'on ne sait pas assez combien, dans la première jeunesse, les mots de cette espèce font une impression profonde, et combien à un âge où toutes les opinions sont encore douteuses et vacillantes, les enfants s'étonnent de voir contredire, par des plaisanteries que tout le monde applaudit, les règles directes qu'on leur a données. Ces règles ne sont plus à leurs yeux que des formules banales que leurs parents sont convenus de leur répéter pour l'acquit de leur conscience, et les plaisanteries leur semblent renfermer le véritable secret de la vie.

Tourmenté d'une émotion vague, je veux être aimé, me disaisje, et je regardais autour de moi; je ne voyais personne qui m'inspirât de l'amour, personne qui me parût susceptible d'en prendre; j'interrogeais mon coeur et mes goûts: je ne me sentais aucun mouvement de préférence. Je m'agitais ainsi intérieurement, lorsque je fis connaissance avec le comte de P homme de quarante ans, dont la famille était alliée à la mienne. Il me proposa de venir le voir. Malheureuse visite! Il avait chez lui sa maîtresse, une Polonaise, célèbre par sa beauté, quoiqu'elle ne fût plus de la première jeunesse. Cette femme, malgré sa situation désavantageuse, avait montré, dans plusieurs occasions, un caractère distingué. Sa famille, assez illustre en Pologne, avait été ruinée dans les troubles de cette contrée. Son père avait été proscrit; sa mère était allée chercher un asile en France, et y avait mené sa fille, qu'elle avait laissée, à sa mort, dans un isolement complet. Le comte de P en était devenu amoureux. J'ai toujours ignoré comment s'était formée une liaison qui, lorsque j'ai vu pour la première fois Ellénore, était dès longtemps établie et pour ainsi dire consacrée. La fatalité de sa situation ou l'inexpérience de son âge l'avaitelle jetée dans une carrière qui répugnait également à son éducation, à ses habitudes, et à la fierté qui faisait une partie trèsremarquable de son caractère? Ce que je sais, ce que tout le monde a su, c'est que la fortune du comte de P ayant été presque entièrement détruite et sa liberté menacée, Ellénore lui avait donné de telles preuves de dévoûment, avait rejeté avec un tel mépris les offres les plus brillantes, avait partagé ses périls et sa pauvreté avec tant de zèle et même de joie, que la sévérité la plus scrupuleuse ne pouvait s'empêcher de rendre justice à la pureté de ses motifs et au désintéressement de sa conduite. C'était à son activité, à son courage, à sa raison, aux sacrifices de tout genre qu'elle avait supportés sans se plaindre, que son amant devait d'avoir recouvré une partie de ses biens. Ils étaient venus s'établir à D pour y suivre un procès qui pouvait rendre entièrement au comte de P son ancienne opulence, et comptaient y rester environ deux ans.

Ellénore n'avait qu'un esprit ordinaire; mais ses idées étaient justes, et ses expressions, toujours simples, étaient quelquefois frappantes par la noblesse et l'élévation de ses sentiments. Elle avait beaucoup de préjugés; mais tous ses préjugés étaient en sens inverse de son intérêt. Elle attachait le plus grand prix à la régularité de la conduite, précisément parce que la sienne n'était pas régulière suivant les notions reçues. Elle était trèsreligieuse, parce que la religion condamnait rigoureusement son genre de vie. Elle repoussait sévèrement dans la conversation tout ce qui n'aurait paru à d'autres femmes que des plaisanteries innocentes, parce qu'elle craignait toujours qu'on ne se crût autorisé par son état à lui en adresser de déplacées. Elle aurait désiré ne recevoir chez elle que des hommes du rang le plus élevé et de moeurs irréprochables, parce que les femmes à qui elle frémissait d'être comparée se forment d'ordinaire une société mélangée, et, se résignant à la perte de la considération, ne cherchent dans leurs relations que l'amusement. Ellénore, en un mot, était en lutte constante avec sa destinée. Elle protestait, pour ainsi dire, par chacune de ses actions et de ses paroles, contre la classe dans laquelle elle se trouvait rangée; et comme elle sentait que la réalité était plus forte qu'elle, et que ses efforts ne changeaient rien à sa situation, elle était fort malheureuse. Elle élevait deux enfants qu'elle avait eus du comte de P avec une austérité excessive. On eût dit quelquefois qu'une révolte secrète se mêlait à l'attachement plutôt passionné que tendre qu'elle leur montrait, et les lui rendait en quelque sorte importuns. Lorsqu'on lui faisait à bonne intention quelque remarque sur ce que ses enfants grandissaient, sur les talents qu'ils promettaient d'avoir, sur la carrière qu'ils auraient à suivre, on la voyait pâlir de l'idée qu'il faudrait qu'un jour elle leur avouât leur naissance. Mais le moindre danger, une heure d'absence, la ramenait à eux avec une anxiété où l'on démêlait une espèce de remords, et le désir de leur donner par ses caresses le bonheur qu'elle n'y trouvait pas ellemême. Cette opposition entre ses sentiments et la place qu'elle occupait dans le monde avait rendu son humeur fort inégale. Souvent elle était rêveuse et taciturne; quelquefois elle parlait avec impétuosité. Comme elle était tourmentée d'une idée particulière, au milieu de la conversation la plus générale, elle ne restait jamais parfaitement calme. Mais, par cela même, il y avait dans sa manière quelque chose de fougueux et d'inattendu qui la rendait plus piquante qu'elle n'aurait dû l'être naturellement. La bizarrerie de sa position suppléait en elle à la nouveauté des idées. On l'examinait avec intérêt et curiosité comme un bel orage.

Offerte à mes regards dans un moment où mon coeur avait besoin d'amour, ma vanité, de succès, Ellénore me parut une conquête digne de moi. Ellemême trouva du plaisir dans la société d'un homme différent de ceux qu'elle avait vus jusqu'alors. Son cercle s'était composé de quelques amis ou parents de son amant et de leurs femmes, que l'ascendant du comte de P avait forcés à recevoir sa maîtresse. Les maris étaient dépourvus de sentiments aussi bien que d'idées; les femmes ne différaient de leurs maris que par une médiocrité plus inquiète et plus agitée, parce qu'elles n'avaient pas, comme eux, cette tranquillité d'esprit qui résulte de l'occupation et de la régularité des affaires. Une plaisanterie plus légère, une conversation plus variée, un mélange particulier de mélancolie et de gaîté, de découragement et d'intérêt, d'enthousiasme et d'ironie, étonnèrent et attachèrent Ellénore. Elle parlait plusieurs langues, imparfaitement à la vérité, mais toujours avec vivacité, quelquefois avec grâce. Ses idées semblaient se faire jour à travers les obstacles, et sortir de cette lutte plus agréables, plus naïves et plus neuves; car les idiomes étrangers rajeunissent les pensées, et les débarrassent de ces tournures qui les font paraître tour à tour communes et affectées. Nous lisions ensemble des poëtes anglais; nous nous promenions ensemble. J'allais souvent la voir le matin; j'y retournais le soir: je causais avec elle sur mille sujets.

Je pensais faire, en observateur froid et impartial, le tour de son caractère et de son esprit; mais chaque mot qu'elle disait me semblait revêtu d'une grâce inexplicable. Le dessein de lui plaire, mettant dans ma vie un nouvel intérêt, animait mon existence d'une manière inusitée. J'attribuais à son charme cet effet presque magique: j'en aurais joui plus complétement encore sans l'engagement que j'avais pris envers mon amourpropre. Cet amourpropre était en tiers entre Ellénore et moi. Je me croyais comme obligé de marcher au plus vite vers le but que je m'étais proposé: je ne me livrais donc pas sans réserve à mes impressions. Il me tardait d'avoir parlé, car il me semblait que je n'avais qu'à parler pour réussir. Je ne croyais point aimer Ellénore; mais déjà je n'aurais pu me résigner à ne pas lui plaire. Elle m'occupait sans cesse: je formais mille projets; j'inventais mille moyens de conquête, avec cette fatuité sans expérience qui se croit sûre du succès parce qu'elle n'a rien essayé.

Cependant une invincible timidité m'arrêtait: tous mes discours expiraient sur mes lèvres, ou se terminaient tout autrement que je ne l'avais projeté. Je me débattais intérieurement: j'étais indigné contre moimême.

Je cherchai enfin un raisonnement qui pût me tirer de cette lutte avec honneur à mes propres yeux. Je me dis qu'il ne fallait rien précipiter, qu'Ellénore était trop peu préparée à l'aveu que je méditais, et qu'il valait mieux attendre encore. Presque toujours, pour vivre en repos avec nousmêmes, nous travestissons en calculs et en systèmes nos impuissances ou nos faiblesses: cela satisfait cette portion de nous qui est, pour ainsi dire, spectatrice de l'autre.

Cette situation se prolongea. Chaque jour, je fixais le lendemain comme l'époque invariable d'une déclaration positive, et chaque lendemain s'écoulait comme la veille. Ma timidité me quittait dès que je m'éloignais d'Ellénore; je reprenais alors mes plans habiles et mes profondes combinaisons: mais à peine me retrouvaisje auprès d'elle, que je me sentais de nouveau tremblant et troublé. Quiconque aurait lu dans mon coeur, en son absence, m'aurait pris pour un séducteur froid et peu sensible; quiconque m'eût aperçu à ses côtés eût cru reconnaître en moi un amant novice, interdit et passionné. L'on se serait également trompé dans ces deux jugements: il n'y a point d'unité complète dans l'homme, et presque jamais personne n'est toutàfait sincère ni toutàfait de mauvaise foi.

Convaincu par ces expériences réitérées que je n'aurais jamais le courage de parler à Ellénore, je me déterminai à lui écrire. Le comte de P était absent. Les combats que j'avais livrés longtemps à mon propre caractère, l'impatience que j'éprouvais de n'avoir pu le surmonter, mon incertitude sur le succès de ma tentative, jetèrent dans ma lettre une agitation qui ressemblait fort à l'amour. Échauffé d'ailleurs que j'étais par mon propre style, je ressentais, en finissant d'écrire, un peu de la passion que j'avais cherché à exprimer avec toute la force possible.

Ellénore vit dans ma lettre ce qu'il était naturel d'y voir, le transport passager d'un homme qui avait dix ans de moins qu'elle, dont le coeur s'ouvrait à des sentiments qui lui étaient encore inconnus, et qui méritait plus de pitié que de colère. Elle me répondit avec bonté, me donna des conseils affectueux, m'offrit une amitié sincère, mais me déclara que jusqu'au retour du comte de P elle ne pourrait me recevoir.

Cette réponse me bouleversa. Mon imagination, s'irritant de l'obstacle, s'empara de toute mon existence. L'amour, qu'une heure auparavant je m'applaudissais de feindre, je crus tout à coup l'éprouver avec fureur. Je courus chez Ellénore; on me dit qu'elle était sortie. Je lui écrivis; je la suppliai de m'accorder une dernière entrevue; je lui peignis en termes déchirants mon désespoir, les projets funestes que m'inspirait sa cruelle détermination. Pendant une grande partie du jour, j'attendis vainement une réponse. Je ne calmai mon inexprimable souffrance qu'en me répétant que le lendemain je braverais toutes les difficultés pour pénétrer jusqu'à Ellénore et pour lui parler. On m'apporta le soir quelques mots d'elle: ils étaient doux. Je crus y remarquer une impression de regret et de tristesse; mais elle persistait dans sa résolution, qu'elle m'annonçait comme inébranlable. Je me présentai de nouveau chez elle le lendemain. Elle était partie pour une campagne dont ses gens ignoraient le nom. Ils n'avaient même aucun moyen de lui faire parvenir des lettres.

Je restai longtemps immobile à sa porte, n'imaginant plus aucune chance de la retrouver. J'étais étonné moimême de ce que je souffrais. Ma mémoire me retraçait les instants où je m'étais dit que je n'aspirais qu'à un succès; que ce n'était qu'une tentative à laquelle je renoncerais sans peine. Je ne concevais rien à la douleur violente, indomptable, qui déchirait mon coeur. Plusieurs jours se passèrent de la sorte. J'étais également incapable de distraction et d'étude. J'errais sans cesse devant la porte d'Ellénore. Je me promenais dans la ville, comme si, au détour de chaque rue, j'avais pu espérer de la rencontrer. Un matin, dans une de ces courses sans but, qui servaient à remplacer mon agitation par de la fatigue, j'aperçus la voiture du comte de P qui revenait de son voyage. Il me reconnut et mit pied à terre. Après quelques phrases banales, je lui parlai, en déguisant mon trouble, du départ subit d'Ellénore. Oui, me ditil, une de ses amies, à quelques lieues d'ici, a éprouvé je ne sais quel événement fâcheux qui a fait croire à Ellénore que ses consolations lui seraient utiles. Elle est partie sans me consulter. C'est une personne que tous ses sentiments dominent, et dont l'âme, toujours active, trouve presque du repos dans le dévoûment. Mais sa présence ici m'est trop nécessaire; je vais lui écrire: elle reviendra sûrement dans quelques jours.

Cette assurance me calma; je sentis ma douleur s'apaiser. Pour la première fois depuis le départ d'Ellénore, je pus respirer sans peine. Son retour fut moins prompt que ne l'espérait le comte de P. Mais j'avais repris ma vie habituelle, et l'angoisse que j'avais éprouvée commençait à se dissiper, lorsqu'au bout d'un mois M. de P me fit avertir qu'Ellénore devait arriver le soir. Comme il mettait un grand prix à lui maintenir dans la société la place que son caractère méritait, et dont sa situation semblait l'exclure, il avait invité à souper plusieurs femmes de ses parentes et de ses amies qui avaient consenti à voir Ellénore.

Mes souvenirs reparurent, d'abord confus, bientôt plus vifs. Mon amourpropre s'y mêlait. J'étais embarrassé, humilié, de rencontrer une femme qui m'avait traité comme un enfant. Il me semblait la voir, souriant à mon approche de ce qu'une courte absence avait calmé l'effervescence d'une jeune tête; et je démêlais dans ce sourire une sorte de mépris pour moi. Par degrés mes sentiments se réveillèrent. Je m'étais levé, ce jourlà même, ne songeant plus à Ellénore; une heure après avoir reçu la nouvelle de son arrivée, son image errait devant mes yeux, régnait sur mon coeur, et j'avais la fièvre de la crainte de ne pas la voir.

Je restai chez moi toute la journée; je m'y tins, pour ainsi dire, caché: je tremblais que le moindre mouvement ne prévint notre rencontre. Rien pourtant n'était plus simple, plus certain; mais je la désirais avec tant d'ardeur, qu'elle me paraissait impossible. L'impatience me dévorait: à tous les instants je consultais ma montre. J'étais obligé d'ouvrir la fenêtre pour respirer; mon sang me brûlait en circulant dans mes veines.

Enfin j'entendis sonner l'heure à laquelle je devais me rendre chez le comte. Mon impatience se changea tout à coup en timidité; je m'habillai lentement; je ne me sentais plus pressé d'arriver: j'avais un tel effroi que mon attente ne fût déçue, un sentiment si vif de la douleur que je courais risque d'éprouver, que j'aurais consenti volontiers à tout ajourner.

Il était assez tard lorsque j'entrai chez M. de P. J'aperçus Ellénore assise au fond de la chambre; je n'osais avancer, il me semblait que tout le monde avait les yeux fixés sur moi. J'allai me cacher dans un coin du salon, derrière un groupe d'hommes qui causaient. De là je contemplais Ellénore: elle me parut légèrement changée, elle était plus pale que de coutume. Le comte me découvrit dans l'espèce de retraite où je m'étais réfugié; il vint à moi, me prit par la main, et me conduisit vers Ellénore. Je vous présente, lui ditil en riant, l'un des hommes que votre départ inattendu a le plus étonnés. Ellénore parlait à une femme placée à côté d'elle. Lorsqu'elle me vit, ses paroles s'arrêtèrent sur ses lèvres; elle demeura tout interdite: je l'étais beaucoup moimême.

On pouvait nous entendre: j'adressai à Ellénore des questions indifférentes. Nous reprîmes tous deux une apparence de calme. On annonça qu'on avait servi; j'offris à Ellénore mon bras, qu'elle ne put refuser. Si vous ne me promettez pas, lui disje en la conduisant, de me recevoir demain chez vous à onze heures, je pars à l'instant, j'abandonne mon pays, ma famille et mon père, je romps tous mes liens, j'abjure tous mes devoirs, et je vais, n'importe où, finir au plus tôt une vie que vous vous plaisez à empoisonner. Adolphe! me réponditelle et elle hésitait. Je fis un mouvement pour m'éloigner. Je ne sais ce que mes traits exprimèrent, mais je n'avais jamais éprouvé de contraction si violente.

Ellénore me regarda. Une terreur mêlée d'affection se peignit sur sa figure. Je vous recevrai demain, me ditelle, mais je vous conjure... Beaucoup de personnes nous suivaient, elle ne put achever sa phrase. Je pressai sa main de mon bras; nous nous mîmes à table.

J'aurais voulu m'asseoir à côté d'Ellénore, mais le maître de la maison l'avait autrement décidé: je fus placé à peu près visàvis d'elle. Au commencement du souper, elle était rêveuse. Quand on lui adressait la parole, elle répondait avec douceur; mais elle retombait bientôt dans la distraction. Une de ses amies, frappée de son silence et de son abattement, lui demanda si elle était malade. Je n'ai pas été bien dans ces derniers temps, réponditelle, et même à présent je suis fort ébranlée. J'aspirais à produire dans l'esprit d'Ellénore une impression agréable; je voulais, en me montrant aimable et spirituel, la disposer en ma faveur, et la préparer à l'entrevue qu'elle m'avait accordée. J'essayai donc de mille manières de fixer son attention. Je ramenai la conversation sur des sujets que je savais l'intéresser; nos voisins s'y mêlèrent: j'étais inspiré par sa présence; je parvins à me faire écouter d'elle, je la vis bientôt sourire: j'en ressentis une telle joie, mes regards exprimèrent tant de reconnaissance, qu'elle ne put s'empêcher d'en être touchée. Sa tristesse et sa distraction se dissipèrent: elle ne résista plus au charme secret que répandait dans son âme la vue du bonheur que je lui devais; et quand nous sortîmes de table, nos coeurs étaient d'intelligence comme si nous n'avions jamais été séparés. Vous voyez, lui disje en lui donnant la main pour rentrer dans le salon, que vous disposez de toute mon existence; que vous aije fait pour que vous trouviez du plaisir à la tourmenter?

CHAPITRE III.

Je passai la nuit sans dormir. Il n'était plus question dans mon âme ni de calculs ni de projets; je me sentais, de la meilleure foi du monde, véritablement amoureux. Ce n'était plus l'espoir du succès qui me faisait agir: le besoin de voir celle que j'aimais, de jouir de sa présence, me dominait exclusivement. Onze heures sonnèrent, je me rendis auprès d'Ellénore; elle m'attendait. Elle voulut parler: je lui demandai de m'écouter. Je m'assis auprès d'elle, car je pouvais à peine me soutenir, et je continuai en ces termes, non sans être obligé de m'interrompre souvent:

Je ne viens point réclamer contre la sentence que vous avez prononcée; je ne viens point rétracter un aveu qui a pu vous offenser; je le voudrais en vain. Cet amour que vous repoussez est indestructible: l'effort même que je fais dans ce moment pour vous parler avec un peu de calme est une preuve de la violence d'un sentiment qui vous blesse. Mais ce n'est plus pour vous en entretenir que je vous ai priée de m'entendre; c'est au contraire pour vous demander de l'oublier, de me recevoir comme autrefois, d'écarter le souvenir d'un instant de délire, de ne pas me punir de ce que vous savez un secret que j'aurais dû renfermer au fond de mon âme. Vous connaissez ma situation, ce caractère qu'on dit bizarre et sauvage, ce coeur étranger à tous les intérêts du monde, solitaire au milieu des hommes, et qui souffre pourtant de l'isolement auquel il est condamné. Votre amitié me soutenait: sans cette amitié je ne puis vivre. J'ai pris l'habitude de vous voir; vous avez laissé naître et se former cette douce habitude: qu'aije fait pour perdre cette unique consolation d'une existence si triste et si sombre? Je suis horriblement malheureux; je n'ai plus le courage de supporter un si long malheur: je n'espère rien, je ne demande rien, je ne veux que vous voir; mais je dois vous voir s'il faut que je vive.

Ellénore gardait le silence. Que craignezvous? reprisje. Qu'estce que j'exige? ce que vous accordez à tous les indifférents. Estce le monde que vous redoutez? Ce monde, absorbé dans ses frivolités solennelles, ne lira pas dans un coeur tel que le mien. Comment ne seraisje pas prudent? n'y vatil pas de ma vie? Ellénore, rendezvous à ma prière: vous y trouverez quelque douceur. Il y aura pour vous quelque charme à être aimée ainsi, à me voir auprès de vous, occupé de vous seule, n'existant que pour vous, vous devant toutes les sensations de bonheur dont je suis encore susceptible, arraché par votre présence à la souffrance et au désespoir.

Je poursuivis longtemps de la sorte, levant toutes les objections, retournant de mille manières tous les raisonnements qui plaidaient en ma faveur. J'étais si soumis, si résigné, je demandais si peu de chose, j'aurais été si malheureux d'un refus!

Ellénore fut émue. Elle m'imposa plusieurs conditions. Elle ne consentit à me recevoir que rarement, au milieu d'une société nombreuse, avec l'engagement que je ne lui parlerais jamais d'amour. Je promis ce qu'elle voulut. Nous étions contents tous les deux: moi, d'avoir reconquis le bien que j'avais été menacé de perdre; Ellénore, de se trouver à la fois généreuse, sensible et prudente.

Je profitai dès le lendemain de la permission que j'avais obtenue; je continuai de même les jours suivants. Ellénore ne songea plus à la nécessité que mes visites fussent peu fréquentes: bientôt rien ne lui parut plus simple que de me voir tous les jours. Dix ans de fidélité avaient inspiré à M. de P une confiance entière; il laissait à Ellénore la plus grande liberté. Comme il avait eu à lutter contre l'opinion qui voulait exclure sa maîtresse du monde où il était appelé à vivre, il aimait à voir s'augmenter la société d'Ellénore; sa maison remplie constatait à ses yeux son propre triomphe sur l'opinion.

Lorsque j'arrivais, j'apercevais dans les regards d'Ellénore une expression de plaisir. Quand elle s'amusait dans la conversation, ses yeux se tournaient naturellement vers moi. L'on ne racontait rien d'intéressant qu'elle ne m'appelât pour l'entendre. Mais elle n'était jamais seule: des soirées entières se passaient sans que je pusse lui dire autre chose en particulier que quelques mots insignifiants ou interrompus. Je ne tardai pas à m'irriter de tant de contrainte. Je devins sombre, taciturne, inégal dans mon humeur, amer dans mes discours. Je me contenais à peine lorsqu'un autre que moi s'entretenait à part avec Ellénore; j'interrompais brusquement ces entretiens. Il m'importait peu qu'on pût s'en offenser, et je n'étais pas toujours arrêté par la crainte de la compromettre. Elle se plaignit à moi de ce changement. Que voulezvous? lui disje avec impatience, vous croyez sans doute avoir fait beaucoup pour moi; je suis forcé de vous dire que vous vous trompez. Je ne conçois rien à votre nouvelle manière d'être. Autrefois vous viviez retirée; vous fuyiez une société fatigante; vous évitiez ces éternelles conversations qui se prolongent précisément parce qu'elles ne devraient jamais commencer. Aujourd'hui votre porte est ouverte à la terre entière. On dirait qu'en vous demandant de me recevoir, j'ai obtenu pour tout l'univers la même faveur que pour moi. Je vous l'avoue, en vous voyant jadis si prudente, je ne m'attendais pas à vous trouver si frivole.

Je démêlai dans les traits d'Ellénore une impression de mécontentement et de tristesse. Chère Ellénore, lui disje en me radoucissant tout à coup, ne mériteje donc pas d'être distingué des mille importuns qui vous assiègent? L'amitié n'atelle pas ses secrets? n'estelle pas ombrageuse et timide au milieu du bruit et de la foule?

Ellénore craignait, en se montrant inflexible, de voir se renouveler des imprudences qui l'alarmaient pour elle et pour moi. L'idée de rompre n'approchait plus de son coeur: elle consentit à me recevoir quelquefois seule.

Alors se modifièrent rapidement les règles sévères qu'elle m'avait prescrites. Elle me permit de lui peindre mon amour; elle se familiarisa par degrés avec ce langage: bientôt elle m'avoua qu'elle m'aimait.

Je passai quelques heures à ses pieds, me proclamant le plus heureux des hommes, lui prodiguant mille assurances de tendresse, de dévoûment et de respect éternel. Elle me raconta ce qu'elle avait souffert en essayant de s'éloigner de moi; que de fois elle avait espéré que je la découvrirais malgré ses efforts; comment le moindre bruit qui frappait ses oreilles lui paraissait annoncer mon arrivée; quel trouble, quelle joie, quelle crainte, elle avait ressentis en me revoyant; par quelle défiance d'ellemême, pour concilier le penchant de son coeur avec la prudence, elle s'était livrée aux distractions du monde, avait recherché la foule qu'elle fuyait auparavant. Je lui faisais répéter les plus petits détails, et cette histoire de quelques semaines nous semblait être celle d'une vie entière. L'amour supplée aux longs souvenirs par une sorte de magie. Toutes les autres affections ont besoin du passé: l'amour crée, comme par enchantement, un passé dont il nous entoure. Il nous donne, pour ainsi dire, la conscience d'avoir vécu, durant des années, avec un être qui naguère nous était presque étranger. L'amour n'est qu'un point lumineux, et néanmoins il semble s'emparer du temps. Il y a peu de jours qu'il n'existait pas, bientôt il n'existera plus; mais, tant qu'il existe, il répand sa clarté sur l'époque qui l'a précédé, comme sur celle qui doit le suivre.

Ce calme pourtant dura peu. Ellénore était d'autant plus en garde contre sa faiblesse, qu'elle était poursuivie du souvenir de ses fautes: et mon imagination, mes désirs, une théorie de fatuité dont je ne m'apercevais pas moimême, se révoltaient contre un tel amour. Toujours timide, souvent irrité, je me plaignais, je m'emportais, j'accablais Ellénore de reproches. Plus d'une fois elle forma le projet de briser un lien qui ne répandait sur sa vie que de l'inquiétude et du trouble; plus d'une fois je l'apaisai par mes supplications, mes désaveux et mes pleurs.

Ellénore, lui écrivaisje un jour, vous ne savez pas tout ce que je souffre. Près de vous, loin de vous, je suis également malheureux. Pendant les heures qui nous séparent, j'erre au hasard, courbé sous le fardeau d'une existence que je ne sais comment supporter. La société m'importune, la solitude m'accable. Ces indifférents qui m'observent, qui ne connaissent rien de ce qui m'occupe, qui me regardent avec une curiosité sans intérêt, avec un étonnement sans pitié, ces hommes qui osent me parler d'autre chose que de vous, portent dans mon sein une douleur mortelle. Je les fuis; mais, seul, je cherche en vain un air qui pénètre dans ma poitrine oppressée. Je me précipite sur cette terre qui devrait s'entr'ouvrir pour m'engloutir à jamais; je pose ma tête sur la pierre froide qui devrait calmer la fièvre ardente qui me dévore. Je me traîne vers cette colline d'où l'on aperçoit votre maison; je reste là, les yeux fixés sur cette retraite que je n'habiterai jamais avec vous. Et si je vous avais rencontrée plus tôt, vous auriez pu être à moi!

j'aurais serré dans mes bras la seule créature que la nature ait formée pour mon coeur, pour ce coeur qui a tant souffert parce qu'il vous cherchait, et qu'il ne vous a trouvée que trop tard! Lorsque enfin ces heures de délire sont passées, lorsque le moment arrive où je puis vous voir, je prends en tremblant la route de votre demeure. Je crains que tous ceux qui me rencontrent ne devinent les sentiments que je porte en moi; je m'arrête; je marche à pas lents: je retarde l'instant du bonheur, de ce bonheur que tout menace, que je me crois toujours sur le point de perdre; bonheur imparfait et troublé, contre lequel conspirent peutêtre à chaque minute et les événements funestes et les regards jaloux, et les caprices tyranniques et votre propre volonté! Quand je touche au seuil de votre porte, quand je l'entr'ouvre, une nouvelle terreur me saisit: je m'avance comme un coupable, demandant grâce à tous les objets qui frappent ma vue, comme si tous étaient ennemis, comme si tous m'enviaient l'heure de félicité dont je vais encore jouir. Le moindre son m'effraye, le moindre mouvement autour de moi m'épouvante, le bruit même de mes pas me fait reculer. Tout près de vous je crains encore quelque obstacle qui se place soudain entre vous et moi. Enfin je vous vois, je vous vois et je respire, et je vous contemple et je m'arrête, comme le fugitif qui touche au sol protecteur qui doit le garantir de la mort. Mais alors même, lorsque tout mon être s'élance vers vous, lorsque j'aurais un tel besoin de me reposer de tant d'angoisses, de poser ma tête sur vos genoux, de donner un libre cours à mes larmes, il faut que je me contraigne avec violence, que même auprès de vous je vive encore d'une vie d'effort: pas un instant d'épanchement! pas un instant d'abandon! Vos regards m'observent. Vous êtes embarrassée, presque offensée de mon trouble. Je ne sais quelle gêne a succédé à ces heures délicieuses où du moins vous m'avouiez votre amour. Le temps s'enfuit, de nouveaux intérêts vous appellent: vous ne les oubliez jamais; vous ne retardez jamais l'instant qui m'éloigne. Des étrangers viennent, il n'est plus permis de vous regarder; je sens qu'il faut fuir pour me dérober aux soupçons qui m'environnent. Je vous quitte plus agité, plus déchiré, plus insensé qu'auparavant; je vous quitte, et je retombe dans cet isolement effroyable, où je me débats sans rencontrer un seul être sur lequel je puisse m'appuyer, me reposer un moment.

Ellénore n'avait jamais été aimée de la sorte. M. de P avait pour elle une affection trèsvraie, beaucoup de reconnaissance pour son dévoûment, beaucoup de respect pour son caractère; mais il y avait toujours dans sa manière une nuance de supériorité sur une femme qui s'était donnée publiquement à lui sans qu'il l'eût épousée. Il aurait pu contracter des liens plus honorables, suivant l'opinion commune: il ne le lui disait point, il ne se le disait peutêtre pas à luimême; mais ce qu'on ne dit pas n'en existe pas moins, et tout ce qui est se devine. Ellénore n'avait eu jusqu'alors aucune notion de ce sentiment passionné, de cette existence perdue dans la sienne, dont mes fureurs mêmes, mes injustices et mes reproches n'étaient que des preuves plus irréfragables. Sa résistance avait exalté toutes mes sensations, toutes mes idées: je revenais des emportements qui l'effrayaient à une soumission, à une tendresse, à une vénération idolâtre. Je la considérais comme une créature céleste. Mon amour tenait du culte, et il avait pour elle d'autant plus de charme, qu'elle craignait sans cesse de se voir humiliée dans un sens opposé. Elle se donna enfin tout entière.

Malheur à l'homme qui, dans les premiers moments d'une liaison d'amour, ne croit pas que cette liaison doit être éternelle! Malheur à qui, dans les bras de la maîtresse qu'il vient d'obtenir, conserve une funeste prescience, et prévoit qu'il pourra s'en détacher! Une femme que son coeur entraîne a, dans cet instant, quelque chose de touchant et de sacré. Ce n'est pas le plaisir, ce n'est pas la nature, ce ne sont pas les sens qui sont corrupteurs; ce sont les calculs auxquels la société nous accoutume, et les réflexions que l'expérience fait naître. J'aimai, je respectai mille fois plus Ellénore après qu'elle se fut donnée. Je marchais avec orgueil au milieu des hommes; je promenais sur eux un regard dominateur. L'air que je respirais était à lui seul une jouissance. Je m'élançais au devant de la nature, pour la remercier du bienfait inespéré, du bienfait immense qu'elle avait daigné m'accorder.

CHAPITRE IV.

Charme de l'amour! qui pourrait vous peindre? Cette persuasion que nous avons trouvé l'être que la nature avait destiné pour nous, ce jour subit répandu sur la vie, et qui nous semble en expliquer le mystère, cette valeur inconnue attachée aux moindres circonstances, ces heures rapides, dont tous les détails échappent au souvenir par leur douceur même, et qui ne laissent dans notre âme qu'une longue trace de bonheur, cette gaîté folâtre qui se mêle quelquefois sans cause à un attendrissement habituel, tant de plaisir dans la présence, et dans l'absence tant d'espoir, ce détachement de tous les soins vulgaires, cette supériorité sur tout ce qui nous entoure, cette certitude que désormais le monde ne peut nous atteindre où nous vivons, cette intelligence mutuelle qui devine chaque pensée et qui répond à chaque émotion, charme de l'amour, qui vous éprouva ne saurait vous décrire!

M. de P fut obligé, pour des affaires pressantes, de s'absenter pendant six semaines. Je passai ce temps chez Ellénore presque sans interruption. Son attachement semblait s'être accru du sacrifice qu'elle m'avait fait. Elle ne me laissait jamais la quitter sans essayer de me retenir. Lorsque je sortais, elle me demandait quand je reviendrais. Deux heures de séparation lui étaient insupportables. Elle fixait avec une précision inquiète l'instant de mon retour. J'y souscrivais avec joie, j'étais reconnaissant, j'étais heureux du sentiment qu'elle me témoignait. Mais cependant les intérêts de la vie commune ne se laissent pas plier arbitrairement à tous nos désirs. Il m'était quelquefois incommode d'avoir tous mes pas marqués d'avance, et tous mes moments ainsi comptés. J'étais forcé de précipiter toutes mes démarches, de rompre avec la plupart de mes relations. Je ne savais que répondre à mes connaissances lorsqu'on me proposait quelque partie que, dans une situation naturelle, je n'aurais point eu de motif pour refuser. Je ne regrettais point auprès d'Ellénore ces plaisirs de la vie sociale, pour lesquels je n'avais jamais eu beaucoup d'intérêt, mais j'aurais voulu qu'elle me permît d'y renoncer plus librement. J'aurais éprouvé plus de douceur à retourner auprès d'elle de ma propre volonté, sans me dire que l'heure était arrivée, qu'elle m'attendait avec anxiété, et sans que l'idée de sa peine vînt se mêler à celle du bonheur que j'allais goûter en la retrouvant. Ellénore était sans doute un vif plaisir dans mon existence, mais elle n'était plus un but: elle était devenue un lien. Je craignais d'ailleurs de la compromettre. Ma présence continuelle devait étonner ses gens, ses enfants, qui pouvaient m'observer. Je tremblais de l'idée de déranger son existence. Je sentais que nous ne pouvions être unis pour toujours, et que c'était un devoir sacré pour moi de respecter son repos: je lui donnais donc des conseils de prudence, tout en l'assurant de mon amour. Mais plus je lui donnais des conseils de ce genre, moins elle était disposée à m'écouter. En même temps je craignais horriblement de l'affliger. Dès que je voyais sur son visage une expression de douleur, sa volonté devenait la mienne: je n'étais à mon aise que lorsqu'elle était contente de moi. Lorsqu'en insistant sur la nécessité de m'éloigner pour quelques instants, j'étais parvenu à la quitter, l'image de la peine que je lui avais causée me suivait partout. Il me prenait une fièvre de remords qui redoublait à chaque minute, et qui enfin devenait irrésistible; je volais vers elle, je me faisais une fête de la consoler, de l'apaiser. Mais à mesure que je m'approchais de sa demeure, un sentiment d'humeur contre cet empire bizarre se mêlait à mes autres sentiments. Ellénore ellemême était violente. Elle éprouvait, je le crois, pour moi ce qu'elle n'avait éprouvé pour personne. Dans ses relations précédentes, son coeur avait été froissé par une dépendance pénible; elle était avec moi dans une parfaite aisance, parce que nous étions dans une parfaite égalité; elle s'était relevée à ses propres yeux, par un amour pur de tout calcul, de tout intérêt: elle savait que j'étais bien sûr qu'elle ne m'aimait que pour moimême. Mais il résultait de son abandon complet avec moi qu'elle ne me déguisait aucun de ses mouvements; et lorsque je rentrais dans sa chambre, impatienté d'y rentrer plus tôt que je ne l'aurais voulu, je la trouvais triste ou irritée. J'avais souffert deux heures loin d'elle de l'idée qu'elle souffrait loin de moi: je souffrais deux heures près d'elle avant de pouvoir l'apaiser.

Cependant je n'étais pas malheureux; je me disais qu'il était doux d'être aimé, même avec exigence; je sentais que je lui faisais du bien: son bonheur m'était nécessaire, et je me savais nécessaire à son bonheur.

D'ailleurs, l'idée confuse que, par la seule nature des choses, cette liaison ne pouvait durer, idée triste sous bien des rapports, servait néanmoins à me calmer dans mes accès de fatigue ou d'impatience. Les liens d'Ellénore avec le comte de P la disproportion de nos âges, la différence de nos situations, mon départ que déjà diverses circonstances avaient retardé, mais dont l'époque était prochaine, toutes ces considérations m'engageaient à donner et à recevoir encore le plus de bonheur qu'il était possible: je me croyais sûr des années, je ne disputais pas les jours.

Le comte de P revint. Il ne tarda pas à soupçonner mes relations avec Ellénore; il me reçut chaque jour d'un air plus froid et plus sombre. Je parlai vivement à Ellénore des dangers qu'elle courait; je la suppliai de permettre que j'interrompisse pour quelques jours mes visites; je lui représentai l'intérêt de sa réputation, de sa fortune, de ses enfants. Elle m'écouta longtemps en silence: elle était pâle comme la mort. De manière ou d'autre, me ditelle enfin, vous partirez bientôt; ne devançons pas ce moment; ne vous mettez pas en peine de moi. Gagnons des jours, gagnons des heures: des jours, des heures, c'est tout ce qu'il me faut. Je ne sais quel pressentiment me dit, Adolphe, que je mourrai dans vos bras.

Nous continuâmes donc à vivre comme auparavant, moi toujours inquiet, Ellénore toujours triste, le comte de P taciturne et soucieux. Enfin la lettre que j'attendais arriva: mon père m'ordonnait de me rendre auprès de lui. Je portai cette lettre à Ellénore. Déjà! me ditelle après l'avoir lue; je ne croyais pas que ce fût sitôt. Puis, fondant en larmes, elle me prit la main et elle me dit: Adolphe, vous voyez que je ne puis vivre sans vous; je ne sais ce qui arrivera de mon avenir, mais je vous conjure de ne pas partir encore: trouvez des prétextes pour rester. Demandez à votre père de vous laisser prolonger votre séjour encore six mois. Six mois, estce donc si long? Je voulus combattre sa résolution; mais elle pleurait si amèrement, et elle était si tremblante, ses traits portaient l'empreinte d'une souffrance si déchirante, que je ne pus continuer. Je me jetai à ses pieds, je la serrai dans mes bras, je l'assurai de mon amour, et je sortis pour aller écrire à mon père. J'écrivis en effet avec le mouvement que la douleur d'Ellénore m'avait inspiré. J'alléguai mille causes de retard; je fis ressortir l'utilité de continuer à D quelques cours que je n'avais pu suivre à Gottingue; et lorsque j'envoyai ma lettre à la poste, c'était avec ardeur que je désirais obtenir le consentement que je demandais.

Je retournai le soir chez Ellénore. Elle était assise sur un sofa; le comte de P était près de la cheminée, et assez loin d'elle; les deux enfants étaient au fond de la chambre, ne jouant pas, et portant sur leurs visages cet étonnement de l'enfance lorsqu'elle remarque une agitation dont elle ne soupçonne pas la cause. J'instruisis Ellénore par un geste que j'avais fait ce qu'elle voulait. Un rayon de joie brilla dans ses yeux, mais ne tarda pas à disparaître. Nous ne disions rien. Le silence devenait embarrassant pour tous trois. On m'assure, Monsieur, me dit enfin le comte, que vous êtes prêt à partir. Je lui répondis que je l'ignorais. Il me semble, répliquatil, qu'à votre âge on ne doit pas tarder à entrer dans une carrière: au reste, ajoutatil en regardant Ellénore, tout le monde peutêtre ne pense pas ici comme moi.

La réponse de mon père ne se fit pas attendre. Je tremblais, en ouvrant sa lettre, de la douleur qu'un refus causerait à Ellénore. Il me semblait même que j'aurais partagé cette douleur avec une égale amertume; mais en lisant le consentement qu'il m'accordait, tous les inconvénients d'une prolongation de séjour se présentèrent tout à coup à mon esprit. Encore six mois de gêne et de contrainte! m'écriaije; six mois pendant lesquels j'offense un homme qui m'avait témoigné de l'amitié, j'expose une femme qui m'aime; je cours le risque de lui ravir la seule situation où elle puisse vivre tranquille et considérée; je trompe mon père; et pourquoi? Pour ne pas braver un instant une douleur qui, tôt ou tard, est inévitable! Ne l'éprouvonsnous pas chaque jour en détail et goutte à goutte, cette douleur? Je ne fais que du mal à Ellénore; mon sentiment, tel qu'il est, ne peut la satisfaire. Je me sacrifie pour elle sans fruit pour son bonheur; et moi, je vis ici sans utilité, sans indépendance, n'ayant pas un instant de libre, ne pouvant respirer une heure en paix. J'entrai chez Ellénore tout occupé de ces réflexions. Je la trouvai seule. Je reste encore six mois, lui disje.Vous m'annoncez cette nouvelle bien sèchement.C'est que je crains beaucoup, je l'avoue, les conséquences de ce retard pour l'un et pour l'autre.Il me semble que, pour vous du moins, elles ne sauraient être bien fâcheuses.Vous savez fort bien, Ellénore, que ce n'est jamais de moi que je m'occupe le plus.Ce n'est guère non plus du bonheur des autres.La conversation avait pris une direction orageuse. Ellénore était blessée de mes regrets dans une circonstance où elle croyait que je devais partager sa joie: je l'étais du triomphe qu'elle avait remporté sur mes résolutions précédentes. La scène devint violente. Nous éclatâmes en reproches mutuels. Ellénore m'accusa de l'avoir trompée, de n'avoir eu pour elle qu'un goût passager; d'avoir aliéné d'elle l'affection du comte; de l'avoir remise, aux yeux du public, dans la situation équivoque dont elle avait cherché toute sa vie à sortir. Je m'irritai de voir qu'elle tournât contre moi ce que je n'avais fait que par obéissance pour elle et par crainte de l'affliger. Je me plaignis de ma vive contrainte, de ma jeunesse consumée dans l'inaction, du despotisme qu'elle exerçait sur toutes mes démarches. En parlant ainsi, je vis son visage couvert tout à coup de pleurs: je m'arrêtai, je revins sur mes pas, je désavouai, j'expliquai. Nous nous embrassâmes: mais un premier coup était porté, une première barrière était franchie. Nous avions prononcé tous deux des mots irréparables; nous pouvions nous taire, mais non les oublier. Il y a des choses qu'on est longtemps sans se dire, mais quand une fois elles sont dites, on ne cesse jamais de les répéter.

Nous vécûmes ainsi quatre mois dans des rapports forcés, quelquefois doux, jamais complétement libres, y rencontrant encore du plaisir, mais n'y trouvant plus de charme. Ellénore, cependant, ne se détachait pas de moi. Après nos querelles les plus vives, elle était aussi empressée à me revoir, elle fixait aussi soigneusement l'heure de nos entrevues que si notre union eût été la plus paisible et la plus tendre. J'ai souvent pensé que ma conduite même contribuait à entretenir Ellénore dans cette disposition. Si je l'avais aimée comme elle m'aimait, elle aurait eu plus de calme; elle aurait réfléchi de son côté sur les dangers qu'elle bravait. Mais toute prudence lui était odieuse, parce que la prudence venait de moi; elle ne calculait point ses sacrifices, parce qu'elle était tout occupée à me les faire accepter; elle n'avait pas le temps de se refroidir à mon égard, parce que tout son temps et toutes ses forces étaient employés à me conserver. L'époque fixée de nouveau pour mon départ approchait; et j'éprouvais, en y pensant, un mélange de plaisir et de regret: semblable à ce que ressent un homme qui doit acheter une guérison certaine par une opération douloureuse.

Un matin, Ellénore m'écrivit de passer chez elle à l'instant. Le comte, me ditelle, me défend de vous recevoir: je ne veux point obéir à cet ordre tyrannique. J'ai suivi cet homme dans la proscription, j'ai sauvé sa fortune; je l'ai servi dans tous ses intérêts. Il peut se passer de moi maintenant: moi, je ne puis me passer de vous. On devine facilement quelles furent mes instances pour la détourner d'un projet que je ne concevais pas. Je lui parlai de l'opinion du public. Cette opinion, me réponditelle, n'a jamais été juste pour moi. J'ai rempli pendant dix ans mes devoirs mieux qu'aucune femme, et cette opinion ne m'en a pas moins repoussée du rang que je méritais. Je lui rappelai ses enfants.Mes enfants sont ceux de M. de P. Il les a reconnus: il en aura soin. Ils seront trop heureux d'oublier une mère dont ils n'ont à partager que la honte.Je redoublai mes prières. Écoutez, me ditelle: si je romps avec le comte, refuserezvous de me voir? Le refuserezvous? repritelle en saisissant mon bras avec une violence qui me fit frémir. Non, assurément, lui répondisje; et plus vous serez malheureuse, plus je vous serai dévoué. Mais considérez...Tout est considéré, interrompitelle. Il va rentrer, retirezvous maintenant; ne revenez plus ici.

Je passai le reste de la journée dans une angoisse inexprimable. Deux jours s'écoulèrent sans que j'entendisse parler d'Ellénore. Je souffrais d'ignorer son sort; je souffrais même de ne pas la voir, et j'étais étonné de la peine que cette privation me causait. Je désirais cependant qu'elle eût renoncé à la résolution que je craignais tant pour elle, et je commençais à m'en flatter, lorsqu'une femme me remit un billet par lequel Ellénore me priait d'aller la voir dans telle rue, dans telle maison, au troisième étage. J'y courus, espérant encore que, ne pouvant me recevoir chez M. de P elle avait voulu m'entretenir ailleurs une dernière fois. Je la trouvai faisant les apprêts d'un établissement durable. Elle vint à moi, d'un air à la fois content et timide, cherchant à lire dans mes yeux mon impression. Tout est rompu, me ditelle, je suis parfaitement libre. J'ai de ma fortune particulière soixantequinze louis de rente; c'est assez pour moi. Vous restez encore ici six semaines. Quand vous partirez, je pourrai peutêtre me rapprocher de vous; vous reviendrez peutêtre me voir. Et, comme si elle eût redouté une réponse, elle entra dans une foule de détails relatifs à ses projets. Elle chercha de mille manières à me persuader qu'elle serait heureuse; qu'elle ne m'avait rien sacrifié; que le parti qu'elle avait pris lui convenait, indépendamment de moi. Il était visible qu'elle se faisait un grand effort, et qu'elle ne croyait qu'à moitié ce qu'elle me disait. Elle s'étourdissait de ses paroles, de peur d'entendre les miennes; elle prolongeait son discours avec activité pour retarder le moment où mes objections la replongeraient dans le désespoir. Je ne pus trouver dans mon coeur de lui en faire aucune. J'acceptai son sacrifice, je l'en remerciai; je lui dis que j'en étais heureux; je lui dis bien plus encore: je l'assurai que j'avais toujours désiré qu'une détermination irréparable me fit un devoir de ne jamais la quitter; j'attribuai mes indécisions à un sentiment de délicatesse qui me défendait de consentir à ce qui bouleversait sa situation. Je n'eus, en un mot, d'autre pensée que de chasser loin d'elle toute peine, toute crainte, tout regret, toute incertitude sur mon sentiment. Pendant que je lui parlais, je n'envisageais rien au delà de ce but, et j'étais sincère dans mes promesses.

CHAPITRE V.

La séparation d'Ellénore et du comte de P produisit dans le public un effet qu'il n'était pas difficile de prévoir. Ellénore perdit en un instant le fruit de dix années de dévoûment et de constance: on la confondit avec toutes les femmes de sa classe qui se livrent sans scrupule à mille inclinations successives. L'abandon de ses enfants la fit regarder comme une mère dénaturée, et les femmes d'une réputation irréprochable répétèrent avec satisfaction que l'oubli de la vertu la plus essentielle à leur sexe s'étendait bientôt sur toutes les autres. En même temps on la plaignit, pour ne pas perdre le plaisir de me blâmer. On vit dans ma conduite celle d'un séducteur, d'un ingrat qui avait violé l'hospitalité, et sacrifié, pour contenter une fantaisie momentanée, le repos de deux personnes, dont il aurait dû respecter l'une et ménager l'autre. Quelques amis de mon père m'adressèrent des représentations sérieuses; d'autres, moins libres avec moi, me firent sentir leur désapprobation par des insinuations détournées. Les jeunes gens, au contraire, se montrèrent enchantés de l'adresse avec laquelle j'avais supplanté le comte; et, par mille plaisanteries que je voulais en vain réprimer, ils me félicitèrent de ma conquête, et me promirent de m'imiter. Je ne saurais peindre ce que j'eus à souffrir et de cette censure sévère et de ces honteux éloges. Je suis convaincu que si j'avais eu de l'amour pour Ellénore, j'aurais ramené l'opinion sur elle et sur moi. Telle est la force d'un sentiment vrai, que, lorsqu'il parle, les interprétations fausses et les convenances factices se taisent. Mais je n'étais qu'un homme faible, reconnaissant et dominé; je n'étais soutenu par aucune impulsion qui partît du coeur. Je m'exprimais donc avec embarras; je tâchais de finir la conversation; et si elle se prolongeait, je la terminais par quelques mots âpres, qui annonçaient aux autres que j'étais prêt à leur chercher querelle. En effet, j'aurais beaucoup mieux aimé me battre avec eux que leur répondre.

Ellénore ne tarda pas à s'apercevoir que l'opinion s'élevait contre elle. Deux parentes de M. de P qu'il avait forcées par son ascendant à se lier avec elle, mirent le plus grand éclat dans leur rupture; heureuses de se livrer à leur malveillance, longtemps contenue à l'abri des principes austères de la morale. Les hommes continuèrent à voir Ellénore; mais il s'introduisit dans leur ton quelque chose d'une familiarité qui annonçait qu'elle n'était plus appuyée par un protecteur puissant, ni justifiée par une union presque consacrée. Les uns venaient chez elle parce que, disaientils, ils l'avaient connue de tout temps; les autres, parce qu'elle était belle encore, et que sa légèreté récente leur avait rendu des prétentions qu'ils ne cherchaient pas à lui déguiser. Chacun motivait sa liaison avec elle; c'estàdire que chacun pensait que cette liaison avait besoin d'excuse. Ainsi la malheureuse Ellénore se voyait tombée pour jamais dans l'état dont, toute sa vie, elle avait voulu sortir. Tout contribuait à froisser son âme et à blesser sa fierté. Elle envisageait l'abandon des uns comme une preuve de mépris, l'assiduité des autres comme l'indice de quelque espérance insultante. Elle souffrait de la solitude, elle rougissait de la société. Ah! sans doute, j'aurais dû la consoler; j'aurais dû la serrer contre mon coeur, lui dire: Vivons l'un pour l'autre, oublions des hommes qui nous méconnaissent, soyons heureux de notre seule estime et de notre seul amour: je l'essayais aussi; mais que peut, pour ranimer un sentiment qui s'éteint, une résolution prise par devoir?

Ellénore et moi nous dissimulions l'un avec l'autre. Elle n'osait me confier des peines, résultat d'un sacrifice qu'elle savait bien que je ne lui avais pas demandé. J'avais accepté ce sacrifice: je n'osais me plaindre d'un malheur que j'avais prévu, et que je n'avais pas eu la force de prévenir. Nous nous taisions donc sur la pensée unique qui nous occupait constamment. Nous nous prodiguions des caresses, nous parlions d'amour; mais nous parlions d'amour de peur de nous parler d'autre chose.

Dès qu'il existe un secret entre deux coeurs qui s'aiment, dès que l'un d'eux a pu se résoudre à cacher à l'autre une seule idée, le charme est rompu, le bonheur est détruit. L'emportement, l'injustice, la distraction même, se réparent; mais la dissimulation jette dans l'amour un élément étranger qui le dénature et le flétrit à ses propres yeux.

Par une inconséquence bizarre, tandis que je repoussais avec l'indignation la plus violente la moindre insinuation contre Ellénore, je contribuais moimême à lui faire tort dans mes conversations générales. Je m'étais soumis à ses volontés, mais j'avais pris en horreur l'empire des femmes. Je ne cessais de déclamer contre leur faiblesse, leur exigence, le despotisme de leur douleur. J'affichais les principes les plus durs; et ce même homme qui ne résistait pas à une larme, qui cédait à la tristesse muette, qui était poursuivi dans l'absence par l'image de la souffrance qu'il avait causée, se montrait, dans tous ses discours, méprisant et impitoyable. Tous mes éloges directs en faveur d'Ellénore ne détruisaient pas l'impression que produisaient des propos semblables. On me haïssait, on la plaignait, mais on ne l'estimait pas. On s'en prenait à elle de n'avoir pas inspiré à son amant plus de considération pour son sexe et plus de respect pour les liens du coeur.

Un homme qui venait habituellement chez Ellénore, et qui, depuis sa rupture avec le comte de P lui avait témoigné la passion la plus vive, l'ayant forcée, par ses persécutions indiscrètes, à ne plus le recevoir, se permit contre elle des railleries outrageantes qu'il me parut impossible de souffrir. Nous nous battîmes; je le blessai dangereusement, je fus blessé moimême. Je ne puis décrire le mélange de trouble, de terreur, de reconnaissance et d'amour, qui se peignit sur les traits d'Ellénore lorsqu'elle me revit après cet événement. Elle s'établit chez moi, malgré mes prières; elle ne me quitta pas un seul instant jusqu'à ma convalescence. Elle me lisait pendant le jour, elle me veillait durant la plus grande partie des nuits; elle observait mes moindres mouvements, elle prévenait chacun de mes désirs; son ingénieuse bonté multipliait ses facultés et doublait ses forces. Elle m'assurait sans cesse qu'elle ne m'aurait pas survécu: j'étais pénétré d'affection, j'étais déchiré de remords. J'aurais voulu trouver en moi de quoi récompenser un attachement si constant et si tendre; j'appelais à mon aide les souvenirs, l'imagination, la raison même, le sentiment du devoir: efforts inutiles! la difficulté de la situation, la certitude d'un avenir qui devait nous séparer, peutêtre je ne sais quelle révolte contre un lien qu'il m'était impossible de briser, me dévoraient intérieurement. Je me reprochais l'ingratitude que je m'efforçais de lui cacher. Je m'affligeais quand elle paraissait douter d'un amour qui lui était si nécessaire; je ne m'affligeais pas moins quand elle semblait y croire. Je la sentais meilleure que moi; je me méprisais d'être indigne d'elle. C'est un affreux malheur de n'être pas aimé quand on aime; mais c'en est un bien grand d'être aimé avec passion quand on n'aime plus. Cette vie que je venais d'exposer pour Ellénore, je l'aurais mille fois donnée pour qu'elle fût heureuse sans moi.

Les six mois que m'avait accordés mon père étaient expirés; il fallut songer à partir. Ellénore ne s'opposa point à mon départ, elle n'essaya pas même de le retarder; mais elle me fit promettre que, deux mois après, je reviendrais près d'elle, ou que je lui permettrais de me rejoindre: je le lui jurai solennellement. Quel engagement n'auraisje pas pris dans un moment où je la voyais lutter contre ellemême et contenir sa douleur? Elle aurait pu exiger de moi de ne pas la quitter; je savais au fond de mon âme que ses larmes n'auraient pas été désobéies. J'étais reconnaissant de ce qu'elle n'exerçait pas sa puissance; il me semblait que je l'en aimais mieux. Moimême, d'ailleurs, je ne me séparais pas sans un vif regret d'un être qui m'était si uniquement dévoué. Il y a dans les liaisons qui se prolongent quelque chose de si profond! Elles deviennent à notre insu une partie si intime de notre existence! Nous formons de loin, avec calme, la résolution de les rompre; nous croyons attendre avec impatience l'époque de l'exécuter: mais quand ce moment arrive, il nous remplit de terreur; et telle est la bizarrerie de notre coeur misérable, que nous quittons avec un déchirement horrible ceux près de qui nous demeurions sans plaisir.

Pendant mon absence, j'écrivis régulièrement à Ellénore. J'étais partagé entre la crainte que mes lettres ne lui fissent de la peine, et le désir de ne lui peindre que le sentiment que j'éprouvais. J'aurais voulu qu'elle me devinât, mais qu'elle me devinât sans s'affliger; je me félicitais quand j'avais pu substituer les mots d'affection, d'amitié, de dévoûment, à celui d'amour; mais soudain je me représentais la pauvre Ellénore triste et isolée, n'ayant que mes lettres pour consolation; et, à la fin de deux pages froides et compassées, j'ajoutais rapidement quelques phrases ardentes ou tendres, propres à la tromper de nouveau. De la sorte, sans en dire jamais assez pour la satisfaire, j'en disais toujours assez pour l'abuser. Etrange espèce de fausseté, dont le succès même se tournait contre moi, prolongeait mon angoisse, et m'était insupportable!

Je comptais avec inquiétude les jours, les heures qui s'écoulaient; je ralentissais de mes vœux la marche du temps; je tremblais en voyant se rapprocher l'époque d'exécuter ma promesse. Je n'imaginais aucun moyen de partir. Je n'en découvrais aucun pour qu'Ellénore pût s'établir dans la même ville que moi. Peutêtre, car il faut être sincère, peutêtre je ne le désirais pas. Je comparais ma vie indépendante et tranquille à la vie de précipitation, de trouble et de tourment à laquelle sa passion me condamnait. Je me trouvais si bien d'être libre, d'aller, de venir, de sortir, de rentrer, sans que personne s'en occupât! je me reposais, pour ainsi dire, dans l'indifférence des autres, de la fatigue de son amour.

Je n'osais cependant laisser soupçonner à Ellénore que j'aurais voulu renoncer à nos projets. Elle avait compris par mes lettres qu'il me serait difficile de quitter mon père; elle m'écrivit qu'elle commençait en conséquence les préparatifs de son départ. Je fus longtemps sans combattre sa résolution; je ne lui répondais rien de précis à ce sujet. Je lui marquais vaguement que je serais toujours charmé de la savoir, puis j'ajoutais, de la rendre heureuse: tristes équivoques, langage embarrassé, que je gémissais de voir si obscur, et que je tremblais de rendre plus clair! Je me déterminai enfin à lui parler avec franchise; je me dis que je le devais; je soulevai ma conscience contre ma faiblesse; je me fortifiai de l'idée de son repos contre l'image de sa douleur. Je me promenais à grands pas dans ma chambre, récitant tout haut ce que je me proposais de lui dire. Mais à peine eusje tracé quelques lignes, que ma disposition changea; je n'envisageai plus mes paroles d'après le sens qu'elles devaient contenir, mais d'après l'effet qu'elles ne pouvaient manquer de produire; et une puissance surnaturelle dirigeant, comme malgré moi, ma main dominée, je me bornai à lui conseiller un retard de quelques mois. Je n'avais pas dit ce que je pensais. Ma lettre ne portait aucun caractère de sincérité. Les raisonnements que j'alléguais étaient faibles, parce qu'ils n'étaient pas les véritables.

La réponse d'Ellénore fut impétueuse; elle était indignée de mon désir de ne pas la voir. Que me demandaitelle? De vivre inconnue auprès de moi. Que pouvaisje redouter de sa présence dans une retraite ignorée, au milieu d'une grande ville où personne ne la connaissait? Elle m'avait tout sacrifié, fortune, enfants, réputation; elle n'exigeait d'autre prix de ses sacrifices que de m'attendre comme une humble esclave, de passer chaque jour avec moi quelques minutes, de jouir des moments que je pourrais lui donner. Elle s'était résignée à deux mois d'absence, non que cette absence lui parût nécessaire, mais parce que je semblais le souhaiter; et lorsqu'elle était parvenue, en entassant péniblement les jours sur les jours, au terme que j'avais fixé moimême, je lui proposais de recommencer ce long supplice! Elle pouvait s'être trompée, elle pouvait avoir donné sa vie à un homme dur et aride; j'étais le maître de mes actions; mais je n'étais pas le maître de la forcer à souffrir, délaissée par celui pour lequel elle avait tout immolé.

Ellénore suivit de près cette lettre; elle m'informa de son arrivée. Je me rendis chez elle avec la ferme résolution de lui témoigner beaucoup de joie; j'étais impatient de rassurer son coeur et de lui procurer, momentanément au moins, du bonheur ou du calme. Mais elle avait été blessée; elle m'examinait avec défiance: elle démêla bientôt mes efforts; elle irrita ma fierté par ses reproches; elle outragea mon caractère. Elle me peignit si misérable dans ma faiblesse, qu'elle me révolta contre elle encore plus que contre moi. Une fureur insensée s'empara de nous: tout ménagement fut abjuré, toute délicatesse oubliée. On eût dit que nous étions poussés l'un contre l'autre par des furies. Tout ce que la haine la plus implacable avait inventé contre nous, nous nous l'appliquions mutuellement; et ces deux êtres malheureux, qui seuls se connaissaient sur la terre, qui seuls pouvaient se rendre justice, se comprendre et se consoler, semblaient deux ennemis irréconciliables, acharnés à se déchirer.

Nous nous quittâmes après une scène de trois heures; et, pour la première fois de la vie, nous nous quittâmes sans explication, sans réparation. À peine fusje éloigné d'Ellénore qu'une douleur profonde remplaça ma colère. Je me trouvai dans une espèce de stupeur, tout étourdi de ce qui s'était passé. Je me répétais mes paroles avec étonnement; je ne concevais pas ma conduite; je cherchais en moimême ce qui avait pu m'égarer.

Il était fort tard; je n'osai retourner chez Ellénore. Je me promis de la voir le lendemain de bonne heure, et je rentrai chez mon père. Il y avait beaucoup de monde; il me fut facile, dans une assemblée nombreuse, de me tenir à l'écart et de déguiser mon trouble. Lorsque nous fûmes seuls, il me dit: On m'assure que l'ancienne maîtresse du comte de P est dans cette ville. Je vous ai toujours laissé une grande liberté, et je n'ai jamais rien voulu savoir sur vos liaisons; mais il ne vous convient pas, à votre âge, d'avoir une maîtresse avouée; et je vous avertis que j'ai pris des mesures pour qu'elle s'éloigne d'ici. En achevant ces mots, il me quitta. Je le suivis jusque dans sa chambre; il me fit signe de me retirer. Mon père, lui disje, Dieu m'est témoin que je voudrais qu'elle fût heureuse, et que je consentirais à ce prix à ne jamais la revoir; mais prenez garde à ce que vous ferez; en croyant me séparer d'elle, vous pourriez bien m'y rattacher à jamais.

Je fis aussitôt venir chez moi un valet de chambre qui m'avait accompagné dans mes voyages, et qui connaissait mes liaisons avec Ellénore. Je le chargeai de découvrir à l'instant même, s'il était possible, quelles étaient les mesures dont mon père m'avait parlé. Il revint au bout de deux heures. Le secrétaire de mon père lui avait confié, sous le sceau du secret, qu'Ellénore devait recevoir le lendemain l'ordre de partir. Ellénore chassée! m'écriaije, chassée avec opprobre! elle qui n'est venue ici que pour moi, elle dont j'ai déchiré le coeur, elle dont j'ai sans pitié vu couler les larmes! Où donc reposeraitelle sa tête, l'infortunée, errante et seule dans un monde dont je lui ai ravi l'estime? À qui diraitelle sa douleur? Ma résolution fut bientôt prise. Je gagnai l'homme qui me servait; je lui prodiguai l'or et les promesses. Je commandai une chaise de poste pour six heures du matin à la porte de ville. Je formais mille projets pour mon éternelle réunion avec Ellénore: je l'aimais plus que je ne l'avais jamais aimée; tout mon coeur était revenu à elle; j'étais fier de la protéger. J'étais avide de la tenir dans mes bras; l'amour était rentré tout entier dans mon âme; j'éprouvais une fièvre de tête, de coeur, de sens, qui bouleversait mon existence. Si, dans ce moment, Ellénore eût voulu se détacher de moi, je serais mort à ses pieds pour la retenir.

Le jour parut; je courus chez Ellénore. Elle était couchée, ayant passé la nuit à pleurer; ses yeux étaient encore humides, et ses cheveux étaient épars; elle me vit entrer avec surprise. Viens, lui disje, partons. Elle voulut répondre. Partons, reprisje. Astu sur la terre un autre protecteur, un autre ami que moi? mes bras ne sontils pas ton unique asile? Elle résistait. J'ai des raisons importantes, ajoutaije, et qui me sont personnelles. Au nom du ciel, suismoi. Je l'entraînai. Pendant la route, je l'accablais de caresses, je la pressais sur mon coeur, je ne répondais à ses questions que par mes embrassements. Je lui dis enfin qu'ayant aperçu dans mon père l'intention de nous séparer, j'avais senti que je ne pouvais être heureux sans elle; que je voulais lui consacrer ma vie et nous unir par tous les genres de liens. Sa reconnaissance fut d'abord extrême; mais elle démêla bientôt des contradictions dans mon récit. À force d'instances, elle m'arracha la vérité; sa joie disparut, sa figure se couvrit d'un sombre nuage. Adolphe, me ditelle, vous vous trompez sur vousmême; vous êtes généreux, vous vous dévouez à moi parce que je suis persécutée; vous croyez avoir de l'amour, et vous n'avez que de la pitié. Pourquoi prononçatelle ces mots funestes? pourquoi me révélatelle un secret que je voulais ignorer? Je m'efforçai de la rassurer, j'y parvins peutêtre; mais la vérité avait traversé mon âme: le mouvement était détruit; j'étais déterminé dans mon sacrifice, mais je n'en étais pas plus heureux; et déjà il y avait en moi une pensée que de nouveau j'étais réduit à cacher.

CHAPITRE VI.

Quand nous fûmes arrivés sur les frontières, j'écrivis à mon père. Ma lettre fut respectueuse, mais il y avait un fond d'amertume. Je lui savais mauvais gré d'avoir resserré mes liens en prétendant les rompre. Je lui annonçais que je ne quitterais Ellénore que lorsque, convenablement fixée, elle n'aurait plus besoin de moi. Je le suppliais de ne pas me forcer, en s'acharnant sur elle, à lui rester toujours attaché. J'attendis sa réponse pour prendre une détermination sur notre établissement. «Vous avez vingtquatre ans, me réponditil: je n'exercerai pas contre vous une autorité qui touche à son terme, et dont je n'ai jamais fait usage; je cacherai même, autant que je pourrai, votre étrange démarche; je répandrai le bruit que vous êtes parti par mes ordres et pour mes affaires. Je subviendrai libéralement à vos dépenses. Vous sentirez vousmême bientôt que la vie que vous menez n'est pas celle qui vous convenait. Votre naissance, vos talents, votre fortune, vous assignaient dans le monde une autre place que celle de compagnon d'une femme sans patrie et sans aveu. Votre lettre me prouve déjà que vous n'êtes pas content de vous. Songez que l'on ne gagne rien à prolonger une situation dont on rougit. Vous consumez inutilement les plus belles années de votre jeunesse, et cette perte est irréparable.»

La lettre de mon père me perça de mille coups de poignard. Je m'étais dit cent fois ce qu'il me disait; j'avais eu cent fois honte de ma vie s'écoulant dans l'obscurité et dans l'inaction. J'aurais mieux aimé des reproches, des menaces; j'aurais mis quelque gloire à résister, et j'aurais senti la nécessité de rassembler mes forces pour défendre Ellénore des périls qui l'auraient assaillie. Mais il n'y avait point de périls: on me laissait parfaitement libre; et cette liberté ne me servait qu'à porter plus impatiemment le joug que j'avais l'air de choisir.

Nous nous fixâmes à Caden, petite ville de la Bohême. Je me répétai que, puisque j'avais pris la responsabilité du sort d'Ellénore, il ne fallait pas la faire souffrir. Je parvins à me contraindre; je renfermai dans mon sein jusqu'aux moindres signes de mécontentement, et toutes les ressources de mon esprit furent employées à me créer une gaîté factice qui pût voiler ma profonde tristesse. Ce travail eut sur moimême un effet inespéré. Nous sommes des créatures tellement mobiles, que les sentiments que nous feignons, nous finissons par les éprouver. Les chagrins que je cachais, je les oubliais en partie. Mes plaisanteries perpétuelles dissipaient ma propre mélancolie; et les assurances de tendresse dont j'entretenais Ellénore répandaient dans mon coeur une émotion douce qui ressemblait presque à l'amour.

De temps en temps des souvenirs importuns venaient m'assiéger. Je me livrais, quand j'étais seul, à des accès d'inquiétude; je formais mille plans bizarres pour m'élancer tout à coup hors de la sphère dans laquelle j'étais déplacé. Mais je repoussais ces impressions comme de mauvais rêves. Ellénore paraissait heureuse; pouvais-je troubler son bonheur? Près de cinq mois se passèrent de la sorte.

Un jour, je vis Ellénore agitée et cherchant à me taire une idée qui l'occupait. Après de longues sollicitations, elle me fit promettre que je ne combattrais point la résolution qu'elle avait prise, et m'avoua que M. de P lui avait écrit: son procès était gagné; il se rappelait avec reconnaissance les services qu'elle lui avait rendus, et leur liaison de dix années. Il lui offrait la moitié de sa fortune, non pour se réunir à elle, ce qui n'était plus possible, mais à condition qu'elle quitterait l'homme ingrat et perfide qui les avait séparés. J'ai répondu, me dit-elle, et vous devinez bien que j'ai refusé. Je ne le devinais que trop. J'étais touché, mais au désespoir du nouveau sacrifice que me faisait Ellénore. Je n'osais toutefois lui rien objecter: mes tentatives en ce sens avaient toujours été tellement infructueuses! Je m'éloignai pour réfléchir au parti que j'avais à prendre. Il m'était clair que nos liens devaient se rompre. Ils étaient douloureux pour moi, ils lui devenaient nuisibles; j'étais le seul obstacle à ce qu'elle retrouvât un état convenable, et la considération qui, dans le monde, suit tôt ou tard l'opulence; j'étais la seule barrière entre elle et ses enfants: je n'avais plus d'excuse à mes propres yeux. Lui céder dans cette circonstance n'était plus de la générosité, mais une coupable faiblesse. J'avais promis à mon père de redevenir libre aussitôt que je ne serais plus nécessaire à Ellénore. Il était temps enfin d'entrer dans une carrière, de commencer une vie active, d'acquérir quelques titres à l'estime des hommes, de faire un noble usage de mes facultés. Je retournai chez Ellénore, me croyant inébranlable dans le dessein de la forcer à ne pas rejeter les offres du comte de P et pour lui déclarer, s'il le fallait, que je n'avais plus d'amour pour elle. Chère amie, lui dis-je, on lutte quelque temps contre sa destinée, mais on finit toujours par céder. Les lois de la société sont plus fortes que les volontés des hommes; les sentiments les plus impérieux se brisent contre la fatalité des circonstances. En vain l'on s'obstine à ne consulter que son coeur; on est condamné tôt ou tard à écouter la raison. Je ne puis vous retenir plus longtemps dans une position également indigne de vous et de moi; je ne le puis ni pour vous ni pour moi-même. À mesure que je parlais sans regarder Ellénore, je sentais mes idées devenir plus vagues et ma résolution faiblir. Je voulus ressaisir mes forces, et je continuai d'une voix précipitée: Je serai toujours votre ami; j'aurai toujours pour vous l'affection la plus profonde. Les deux années de notre liaison ne s'effaceront pas de ma mémoire; elles seront à jamais l'époque la plus belle de ma vie. Mais l'amour, ce transport des sens, cette ivresse involontaire, cet oubli de tous les intérêts, de tous les devoirs, Ellénore, je ne l'ai plus. J'attendis longtemps sa réponse sans lever les yeux sur elle. Lorsque enfin je la regardai, elle était immobile; elle contemplait tous les objets comme si elle n'en eût reconnu aucun. Je pris sa main; je la trouvai froide. Elle me repoussa. Que me voulez-vous? me dit-elle; ne suis-je pas seule, seule dans l'univers, seule sans un être qui m'entende? Qu'avez-vous encore à me dire? ne m'avez-vous pas tout dit? tout n'est-il pas fini, fini sans retour? Laissez-moi, quittez-moi; n'est-ce pas là ce que vous désirez? Elle voulut s'éloigner, elle chancela; j'essayai de la retenir, elle tomba sans connaissance à mes pieds; je la relevai, je l'embrassai, je rappelai ses sens. Ellénore, m'écriaije, revenez à vous, revenez à moi; je vous aime d'amour, de l'amour le plus tendre. Je vous avais trompée pour que vous fussiez plus libre dans votre choix.Crédulités du coeur, vous êtes inexplicables! Ces simples paroles, démenties par tant de paroles précédentes, rendirent Ellénore à la vie et à la confiance; elle me les fit répéter plusieurs fois: elle semblait respirer avec avidité. Elle me crut: elle s'enivra de son amour, qu'elle prenait pour le nôtre; elle confirma sa réponse au comte de P et je me vis plus engagé que jamais.

Trois mois après, une nouvelle possibilité de changement s'annonça dans la situation d'Ellénore. Une de ces vicissitudes communes dans les républiques que des factions agitent rappela son père en Pologne, et le rétablit dans ses biens. Quoiqu'il ne connût qu'à peine sa fille, que sa mère avait emmenée en France à l'âge de trois ans, il désira la fixer auprès de lui. Le bruit des aventures d'Ellénore ne lui était parvenu que vaguement en Russie, où, pendant son exil, il avait toujours habité. Ellénore était son enfant unique: il avait peur de l'isolement, il voulait être soigné; il ne chercha qu'à découvrir la demeure de sa fille, et, dès qu'il l'eut apprise, il l'invita vivement à venir le rejoindre. Elle ne pouvait avoir d'attachement réel pour un père qu'elle ne se souvenait pas d'avoir vu. Elle sentait néanmoins qu'il était de son devoir d'obéir; elle assurait de la sorte à ses enfants une grande fortune, et remontait ellemême au rang que lui avaient ravi ses malheurs et sa conduite; mais elle me déclara positivement qu'elle n'irait en Pologne que si je l'accompagnais. Je ne suis plus, me ditelle, dans l'âge où l'âme s'ouvre à des impressions nouvelles. Mon père est un inconnu pour moi. Si je reste ici, d'autres l'entoureront avec empressement: il en sera tout aussi heureux. Mes enfants auront la fortune de M. de P. Je sais bien que je serai généralement blâmée; je passerai pour une fille ingrate et pour une mère peu sensible: mais j'ai trop souffert; je ne suis plus assez jeune pour que l'opinion du monde ait une grande puissance sur moi. S'il y a dans ma résolution quelque chose de dur, c'est à vous, Adolphe, que vous devez vous en prendre. Si je pouvais me faire illusion sur vous, je consentirais peutêtre à une absence, dont l'amertume serait diminuée par la perspective d'une réunion douce et durable; mais vous ne demanderiez pas mieux que de me supposer à deux cents lieues de vous, contente et tranquille, au sein de ma famille et de l'opulence. Vous m'écririez làdessus des lettres raisonnables que je vois d'avance: elles déchireraient mon coeur; je ne veux pas m'y exposer. Je n'ai pas la consolation de me dire que, par le sacrifice de toute ma vie, je sois parvenue à vous inspirer le sentiment que je méritais; mais enfin vous l'avez accepté ce sacrifice. Je souffre déjà suffisamment par l'aridité de vos manières et la sécheresse de nos rapports; je subis ces souffrances que vous m'infligez; je ne veux pas en braver de volontaires.

Il y avait dans la voix et dans le ton d'Ellénore je ne sais quoi d'âpre et de violent qui annonçait plutôt une détermination ferme qu'une émotion profonde ou touchante.

Depuis quelque temps elle s'irritait d'avance lorsqu'elle me demandait quelque chose, comme si je le lui avais déjà refusé. Elle disposait de mes actions, mais elle savait que mon jugement les démentait. Elle aurait voulu pénétrer dans le sanctuaire intime de ma pensée, pour y briser une opposition sourde qui la révoltait contre moi. Je lui parlai de ma situation, du voeu de mon père, de mon propre désir; je priai, je m'emportai. Ellénore fut inébranlable. Je voulus réveiller sa générosité, comme si l'amour n'était pas de tous les sentiments le plus égoïste, et, par conséquent, lorsqu'il est blessé, le moins généreux. Je tâchai, par un effort bizarre, de l'attendrir sur le malheur que j'éprouvais en restant près d'elle; je ne parvins qu'à l'exaspérer. Je lui promis d'aller la voir en Pologne; mais elle ne vit dans mes promesses, sans épanchement et sans abandon, que l'impatience de la quitter.

La première année de notre séjour à Caden avait atteint son terme, sans que rien changeât dans notre situation. Quand Ellénore me trouvait sombre ou abattu, elle s'affligeait d'abord, se blessait ensuite, et m'arrachait par ses reproches l'aveu de la fatigue que j'aurais voulu déguiser. De mon côté, quand Ellénore paraissait contente, je m'irritais de la voir jouir d'une situation qui me coûtait mon bonheur, et je la troublais dans cette courte jouissance par des insinuations qui l'éclairaient sur ce que j'éprouvais intérieurement. Nous nous attaquions donc tour à tour par des phrases indirectes, pour reculer ensuite dans des protestations générales et de vagues justifications, et pour regagner le silence. Car nous savions si bien mutuellement tout ce que nous allions nous dire, que nous nous taisions pour ne pas l'entendre. Quelquefois l'un de nous était prêt à céder, mais nous manquions le moment favorable pour nous rapprocher. Nos coeurs défiants et blessés ne se rencontraient plus.

Je me demandais souvent pourquoi je restais dans un état si pénible: je me répondais que, si je m'éloignais d'Ellénore, elle me suivrait, et que j'aurais provoqué un nouveau sacrifice. Je me dis enfin qu'il fallait la satisfaire une dernière fois, et qu'elle ne pourrait plus rien exiger quand je l'aurais replacée au milieu de sa famille. J'allais lui proposer de la suivre en Pologne, quand elle reçut la nouvelle que son père était mort subitement. Il l'avait instituée son unique héritière, mais son testament était contredit par des lettres postérieures, que des parents éloignés menaçaient de faire valoir. Ellénore, malgré le peu de relations qui subsistaient entre elle et son père, fut douloureusement affectée de cette mort: elle se reprocha de l'avoir abandonné. Bientôt elle m'accusa de sa faute. Vous m'avez fait manquer, me ditelle, à un devoir sacré. Maintenant il ne s'agit que de ma fortune: je vous l'immolerai plus facilement encore. Mais, certes, je n'irai pas seule dans un pays où je n'ai que des ennemis à rencontrer. Je n'ai voulu, lui répondisje, vous faire manquer à aucun devoir; j'aurais désiré, je l'avoue, que vous daignassiez réfléchir que moi aussi je trouvais pénible de manquer aux miens; je n'ai pu obtenir de vous cette justice. Je me rends, Ellénore; votre intérêt l'emporte sur toute autre considération. Nous partirons ensemble quand vous le voudrez.

Nous nous mîmes effectivement en route. Les distractions du voyage, la nouveauté des objets, les efforts que nous faisions sur nousmêmes, ramenaient de temps en temps entre nous quelques restes d'intimité. La longue habitude que nous avions l'un de l'autre, les circonstances variées que nous avions parcourues ensemble, avaient attaché à chaque parole, presque à chaque geste, des souvenirs qui nous replaçaient tout à coup dans le passé, et nous remplissaient d'un attendrissement involontaire, comme les éclairs traversent la nuit sans la dissiper. Nous vivions, pour ainsi dire, d'une espèce de mémoire du coeur, assez puissante pour que l'idée de nous séparer nous fût douloureuse, trop faible pour que nous trouvassions du bonheur à être unis. Je me livrais à ces émotions, pour me reposer de ma contrainte habituelle. J'aurais voulu donner à Ellénore des témoignages de tendresse qui la contentassent; je reprenais quelquefois avec elle le langage de l'amour; mais ces émotions et ce langage ressemblaient à ces feuilles pâles et décolorées qui, par un reste de végétation funèbre, croissent languissamment sur les branches d'un arbre déraciné.

CHAPITRE VII.

Ellénore obtint, dès son arrivée, d'être rétablie dans la jouissance des biens qu'on lui disputait, en s'engageant à n'en pas disposer que son procès ne fût décidé. Elle s'établit dans une des possessions de son père. Le mien, qui n'abordait jamais avec moi dans ses lettres aucune question directement, se contenta de les remplir d'insinuations contre mon voyage. «Vous m'aviez mandé, me disaitil, que vous ne partiriez pas. Vous m'aviez développé longuement toutes les raisons que vous aviez de ne pas partir; j'étais, en conséquence, bien convaincu que vous partiriez. Je ne puis que vous plaindre de ce qu'avec votre esprit d'indépendance, vous faites toujours ce que vous ne voulez pas. Je ne juge point, au reste, d'une situation qui ne m'est qu'imparfaitement connue. Jusqu'à présent vous m'aviez paru le protecteur d'Ellénore, et, sous ce rapport, il y avait dans vos procédés quelque chose de noble, qui relevait votre caractère, quel que fût l'objet auquel vous vous attachiez. Aujourd'hui vos relations ne sont plus les mêmes; ce n'est plus vous qui la protégez, c'est elle qui vous protége; vous vivez chez elle, vous êtes un étranger qu'elle introduit dans sa famille. Je ne prononce point sur une position que vous choisissez; mais comme elle peut avoir ses inconvénients, je voudrais les diminuer autant qu'il est en moi. J'écris au baron de T notre ministre dans le pays où vous êtes, pour vous recommander à lui: j'ignore s'il vous conviendra de faire usage de cette recommandation; n'y voyez au moins qu'une preuve de mon zèle, et nullement une atteinte à l'indépendance que vous avez toujours su défendre avec succès contre votre père.»

J'étouffai les réflexions que ce style faisait naître en moi. La terre que j'habitais avec Ellénore était située à peu de distance de Varsovie; je me rendis dans cette ville, chez le baron de T. Il me reçut avec amitié, me demanda les causes de mon séjour en Pologne, me questionna sur mes projets; je ne savais trop que lui répondre. Après quelques minutes d'une conversation embarrassée: Je vais, me ditil, vous parler avec franchise. Je connais les motifs qui vous ont amené dans ce pays, votre père me les a mandés; je vous dirai même que je les comprends: il n'y a pas d'homme qui ne se soit, une fois dans sa vie, trouvé tiraillé par le désir de rompre une liaison inconvenable et la crainte d'affliger une femme qu'il avait aimée. L'inexpérience de la jeunesse fait que l'on s'exagère beaucoup les difficultés d'une position pareille; on se plaît à croire à la vérité de toutes ces démonstrations de douleur, qui remplacent, dans un sexe faible et emporté, tous les moyens de la force et tous ceux de la raison. Le coeur en souffre, mais l'amourpropre s'en applaudit; et tel homme qui pense de bonne foi s'immoler au désespoir qu'il a causé, ne se sacrifie dans le fait qu'aux illusions de sa propre vanité. Il n'y a pas une de ces femmes passionnées, dont le monde est plein, qui n'ait protesté qu'on la ferait mourir en l'abandonnant; il n'y en a pas une qui ne soit encore envie, et qui ne soit consolée. Je voulus l'interrompre. Pardon, me ditil, mon jeune ami, si je m'exprime avec trop peu de ménagement; mais le bien qu'on m'a dit de vous, les talents que vous annoncez, la carrière que vous devriez suivre, tout me fait une loi de ne rien vous déguiser. Je lis dans votre âme, malgré vous et mieux que vous; vous n'êtes plus amoureux de la femme qui vous domine et qui vous traîne après elle; si vous l'aimiez encore, vous ne seriez pas venu chez moi. Vous saviez que votre père m'avait écrit; il vous était aisé de prévoir ce que j'avais à vous dire: vous n'avez pas été fâché d'entendre de ma bouche des raisonnements que vous vous répétez sans cesse à vousmême, et toujours inutilement. La réputation d'Ellénore est loin d'être intacte. Terminons, je vous prie, répondisje, une conversation inutile. Des circonstances malheureuses ont pu disposer des premières années d'Ellénore; on peut la juger défavorablement sur des apparences mensongères: mais je la connais depuis trois ans, et il n'existe pas sur la terre une âme plus élevée, un caractère plus noble, un coeur plus pur et plus généreux. Comme vous voudrez, répliquatil; mais ce sont des nuances que l'opinion n'approfondit pas. Les faits sont positifs, ils sont publics; en m'empêchant de les rappeler, pensezvous les détruire? Écoutez, poursuivitil: il faut dans ce monde savoir ce qu'on veut. Vous n'épouserez pas Ellénore?Non sans doute, m'écriaije; ellemême ne l'a jamais désiré.Que voulezvous donc faire? Elle a dix ans de plus que vous, vous en avez vingtsix; vous la soignerez dix ans encore, elle sera vieille; vous serez parvenu au milieu de votre vie, sans avoir rien commencé, rien achevé qui vous satisfasse. L'ennui s'emparera de vous, l'humeur s'emparera d'elle; elle vous sera chaque jour moins agréable, vous lui serez chaque jour plus nécessaire; et le résultat d'une naissance illustre, d'une fortune brillante, d'un esprit distingué, sera de végéter dans un coin de la Pologne, oublié de vos amis, perdu pour la gloire, et tourmenté par une femme qui ne sera, quoi que vous fassiez, jamais contente de vous. Je n'ajoute qu'un mot, et nous ne reviendrons plus sur un sujet qui vous embarrasse. Toutes les routes vous sont ouvertes, les lettres, les armes, l'administration; vous pouvez aspirer aux plus illustres alliances; vous êtes fait pour aller à tout: mais souvenezvous bien qu'il y a entre vous et tous les genres de succès un obstacle insurmontable, et que cet obstacle est Ellénore.J'ai cru vous devoir, monsieur, lui répondisje, de vous écouter en silence; mais je me dois aussi de vous déclarer que vous ne m'avez point ébranlé. Personne que moi, je le répète, ne peut juger Ellénore; personne n'apprécie assez la vérité de ses sentiments et la profondeur de ses impressions. Tant qu'elle aura besoin de moi, je resterai près d'elle. Aucun succès ne me consolerait de la laisser malheureuse; et dusséje borner ma carrière à lui servir d'appui, à la soutenir dans ses peines, à l'entourer de mon affection contre l'injustice d'une opinion qui la méconnaît, je croirais encore n'avoir pas employé ma vie inutilement.

Je sortis en achevant ces paroles: mais qui m'expliquera par quelle mobilité le sentiment qui me les dictait s'éteignit avant même que j'eusse fini de les prononcer? Je voulus, en retournant à pied, retarder le moment de revoir cette Ellénore que je venais de défendre; je traversai précipitamment la ville: il me tardait de me trouver seul.

Arrivé au milieu de la campagne, je ralentis ma marche, et mille pensées m'assaillirent. Ces mots funestes: «Entre tous les genres de succès et vous il existe un obstacle insurmontable, et cet obstacle c'est Ellénore,» retentissaient autour de moi. Je jetais un long et triste regard sur le temps qui venait de s'écouler sans retour; je me rappelais les espérances de ma jeunesse, la confiance avec laquelle je croyais autrefois commander à l'avenir, les éloges accordés à mes premiers essais, l'aurore de réputation que j'avais vue briller et disparaître. Je me répétais les noms de plusieurs de mes compagnons d'étude, que j'avais traités avec un dédain superbe, et qui, par le seul effet d'un travail opiniâtre et d'une vie régulière, m'avaient laissé loin derrière eux dans la route de la fortune, de la considération et de la gloire: j'étais oppressé de mon inaction. Comme les avares se représentent dans les trésors qu'ils entassent tous les biens que ces trésors pourraient acheter, j'apercevais dans Ellénore la privation de tous les succès auxquels j'aurais pu prétendre. Ce n'était pas une carrière seule que je regrettais: comme je n'avais essayé d'aucune, je les regrettais toutes. N'ayant jamais employé mes forces, je les imaginais sans bornes, et je les maudissais; j'aurais voulu que la nature m'eût créé faible et médiocre, pour me préserver au moins du remords de me dégrader volontairement. Toute louange, toute approbation pour mon esprit ou mes connaissances, me semblaient un reproche insupportable: je croyais entendre admirer les bras vigoureux d'un athlète chargé de fers au fond d'un cachot. Si je voulais ressaisir mon courage, me dire que l'époque de l'activité n'était pas encore passée, l'image d'Ellénore s'élevait devant moi comme un fantôme, et me repoussait dans le néant; je ressentais contre elle des accès de fureur, et, par un mélange bizarre, cette fureur ne diminuait en rien la terreur que m'inspirait l'idée de l'affliger.

Mon âme, fatiguée de ces sentiments amers, chercha tout à coup un refuge dans des sentiments contraires. Quelques mots, prononcés au hasard par le baron de T sur la possibilité d'une alliance douce et paisible, me servirent à me créer l'idéal d'une compagne. Je réfléchis au repos, à la considération, à l'indépendance même que m'offrirait un sort pareil; car les liens que je traînais depuis si longtemps me rendaient plus dépendant mille fois que n'aurait pu le faire une union inconnue et constatée. J'imaginais la joie de mon père; j'éprouvais un désir impatient de reprendre dans ma patrie et dans la société de mes égaux la place qui m'était due; je me représentais opposant une conduite austère et irréprochable à tous les jugements qu'une malignité froide et frivole avait prononcés contre moi, à tous les reproches dont m'accablait Ellénore.

Elle m'accuse sans cesse, disaisje, d'être dur, d'être ingrat, d'être sans pitié. Ah! si le ciel m'eût accordé une femme que les convenances sociales me permissent d'avouer, que mon père ne rougît pas d'accepter pour fille, j'aurais été mille fois heureux de la rendre heureuse. Cette sensibilité que l'on méconnaît parce qu'elle est souffrante et froissée, cette sensibilité dont on exige impérieusement des témoignages que mon coeur refuse à l'emportement et à la menace, qu'il me serait doux de m'y livrer avec l'être chéri compagnon d'une vie régulière et respectée! Que n'aije pas fait pour Ellénore? Pour elle j'ai quitté mon pays et ma famille; j'ai pour elle affligé le coeur d'un vieux père qui gémit encore loin de moi; pour elle j'habite ces lieux où ma jeunesse s'enfuit solitaire, sans gloire, sans honneur et sans plaisir: tant de sacrifices faits sans devoir et sans amour ne prouventils pas ce que l'amour et le devoir me rendraient capable de faire? Si je crains tellement la douleur d'une femme qui ne me domine que par sa douleur, avec quel soin j'écarterais toute affliction, toute peine, de celle à qui je pourrais hautement me vouer sans remords et sans réserve! Combien alors on me verrait différent de ce que je suis! comme cette amertume dont on me fait un crime, parce que la source en est inconnue, fuirait rapidement loin de moi! combien je serais reconnaissant pour le ciel et bienveillant pour les hommes!

Je parlais ainsi; mes yeux se mouillaient de larmes; mille souvenirs rentraient comme par torrents dans mon âme; mes relations avec Ellénore m'avaient rendu tous ces souvenirs odieux. Tout ce qui me rappelait mon enfance, les lieux où s'étaient écoulées mes premières années, les compagnons de mes premiers jeux, les vieux parents qui m'avaient prodigué les premières marques d'intérêt, me blessait et me faisait mal; j'étais réduit à repousser, comme des pensées coupables, les images les plus attrayantes et les voeux les plus naturels. La compagne que mon imagination m'avait soudain créée s'alliait au contraire à toutes ces images et sanctionnait tous ces voeux; elle s'associait à tous mes devoirs, à tous mes plaisirs, à tous mes goûts; elle rattachait ma vie actuelle à cette époque de ma jeunesse où l'espérance ouvrait devant moi un si vaste avenir, époque dont Ellénore m'avait séparé comme par un abîme. Les plus petits détails, les plus petits objets se retraçaient à ma mémoire: je revoyais l'antique château que j'avais habité avec mon père, les bois qui l'entouraient, la rivière qui baignait le pied de ses murailles, les montagnes qui bordaient son horizon; toutes ces choses me paraissaient tellement présentes, pleines d'une telle vie, qu'elles me causaient un frémissement que j'avais peine à supporter; et mon imagination plaçait à côté d'elles une créature innocente et jeune qui les embellissait, qui les animait par l'espérance. J'errais plongé dans cette rêverie, toujours sans plan fixe, ne me disant point qu'il fallait rompre avec Ellénore, n'ayant de la réalité qu'une idée sourde et confuse, et dans l'état d'un homme accablé de peine, que le sommeil a consolé par un songe, et qui pressent que ce songe va finir. Je découvris tout à coup le château d'Ellénore, dont insensiblement je m'étais rapproché; je m'arrêtai; je pris une autre route: j'étais heureux de retarder le moment où j'allais entendre de nouveau sa voix.

Le jour s'affaiblissait: le ciel était serein; la campagne devenait déserte; les travaux des hommes avaient cessé: ils abandonnaient la nature à ellemême. Mes pensées prirent graduellement une teinte plus grave et plus imposante. Les ombres de la nuit qui s'épaississaient à chaque instant, le vaste silence qui m'environnait et qui n'était interrompu que par des bruits rares et lointains, firent succéder à mon imagination un sentiment plus calme et plus solennel. Je promenais mes regards sur l'horizon grisâtre dont je n'apercevais plus les limites, et qui, par là même, me donnait en quelque sorte la sensation de l'immensité. Je n'avais rien éprouvé de pareil depuis longtemps: sans cesse absorbé dans des réflexions toujours personnelles, la vue toujours fixée sur ma situation, j'étais devenu étranger à toute idée générale; je ne m'occupais que d'Ellénore et de moi: d'Ellénore, qui ne m'inspirait qu'une pitié mêlée de fatigue; de moi, pour qui je n'avais plus aucune estime. Je m'étais rapetissé, pour ainsi dire, dans un nouveau genre d'égoïsme, dans un égoïsme sans courage, mécontent et humilié; je me sus bon gré de renaître à des pensées d'un autre ordre, et de me retrouver la faculté de m'oublier moimême, pour me livrer à des méditations désintéressées; mon âme semblait se relever d'une dégradation longue et honteuse.

La nuit presque entière s'écoula ainsi. Je marchais au hasard; je parcourus des champs, des bois, des hameaux où tout était immobile. De temps en temps j'apercevais dans quelque habitation éloignée une pâle lumière qui perçait l'obscurité. Là, me disaisje, là peutêtre quelque infortuné s'agite sous la douleur, ou lutte contre la mort; contre la mort, mystère inexplicable, dont une expérience journalière paraît n'avoir pas encore convaincu les hommes; terme assuré qui ne nous console ni ne nous apaise, objet d'une insouciance habituelle et d'un effroi passager! Et moi aussi, poursuivaisje, je me livre à cette inconséquence insensée! Je me révolte contre la vie, comme si la vie ne devait pas finir! Je répands du malheur autour de moi, pour reconquérir quelques années misérables que le temps viendra bientôt m'arracher! Ah! renonçons à ces efforts inutiles; jouissons de voir ce temps s'écouler, mes jours se précipiter les uns sur les autres; demeurons immobile, spectateur indifférent d'une existence à demi passée; qu'on s'en empare, qu'on la déchire: on n'en prolongera pas la durée! vautil la peine de la disputer?

L'idée de la mort a toujours eu sur moi beaucoup d'empire. Dans mes affections les plus vives, elle a toujours suffi pour me calmer aussitôt; elle produisit sur mon âme son effet accoutumé; ma disposition pour Ellénore devint moins amère. Toute mon irritation disparut; il ne me restait de l'impression de cette nuit de délire qu'un sentiment doux et presque tranquille: peutêtre la lassitude physique que j'éprouvais contribuaitelle à cette tranquillité.

Le jour allait renaître; je distinguais déjà les objets. Je reconnus que j'étais assez loin de la demeure d'Ellénore. Je me peignis son inquiétude, et je me pressais pour arriver près d'elle, autant que la fatigue pouvait me le permettre, lorsque je rencontrai un homme à cheval qu'elle avait envoyé pour me chercher. Il me raconta qu'elle était depuis douze heures dans les craintes les plus vives; qu'après être allée à Varsovie, et avoir parcouru les environs, elle était revenue chez elle dans un état inexprimable d'angoisse, et que de toutes parts les habitants du village étaient répandus dans la campagne pour me découvrir. Ce récit me remplit d'abord d'une impatience assez pénible. Je m'irritais de me voir soumis par Ellénore à une surveillance importune. En vain me répétaisje que son amour seul en était la cause: cet amour n'étaitil pas aussi la cause de tout mon malheur? Cependant je parvins à vaincre ce sentiment que je me reprochais. Je la savais alarmée et souffrante. Je montai à cheval. Je franchis avec rapidité la distance qui nous séparait. Elle me reçut avec des transports de joie. Je fus ému de son émotion. Notre conversation fut courte, parce que bientôt elle songea que je devais avoir besoin de repos; et je la quittai, cette fois du moins, sans avoir rien dit qui pût affliger son coeur.

CHAPITRE VIII.

Le lendemain je me relevai poursuivi des mêmes idées qui m'avaient agité la veille. Mon agitation redoubla les jours suivants; Ellénore voulut inutilement en pénétrer la cause: je répondais par des monosyllabes contraints à ses questions impétueuses; je me raidissais contre son instance, sachant trop qu'à ma franchise succéderait sa douleur, et que sa douleur m'imposerait une dissimulation nouvelle.

Inquiète et surprise, elle recourut à l'une de ses amies pour découvrir le secret qu'elle m'accusait de lui cacher; avide de se tromper ellemême, elle cherchait un fait où il n'y avait qu'un sentiment. Cette amie m'entretint de mon humeur bizarre, du soin que je mettais à repousser toute idée d'un lien durable, de mon inexplicable soif de rupture et d'isolement. Je l'écoutai longtemps en silence; je n'avais dit jusqu'à ce moment à personne que je n'aimais plus Ellénore; ma bouche répugnait à cet aveu, qui me semblait une perfidie. Je voulus pourtant me justifier; je racontai mon histoire avec ménagement, en donnant beaucoup d'éloges à Ellénore, en convenant des inconséquences de ma conduite, en les rejetant sur les difficultés de notre situation, et sans me permettre une parole qui prononçât clairement que la difficulté véritable était de ma part l'absence de l'amour. La femme qui m'écoutait fut émue de mon récit: elle vit de la générosité dans ce que j'appelais de la faiblesse, du malheur dans ce que je nommais de la dureté. Les mêmes explications qui mettaient en fureur Ellénore passionnée portaient la conviction dans l'esprit de son impartiale amie. On est si juste lorsque l'on est désintéressé! Qui que vous soyez, ne remettez jamais à un autre les intérêts de votre coeur; le coeur seul peut plaider sa cause: il sonde seul ses blessures, tout intermédiaire devient un juge; il analyse, il transige; il conçoit l'indifférence, il l'admet comme possible, il la reconnaît pour inévitable; par là même il l'excuse, et l'indifférence se trouve ainsi, à sa grande surprise, légitime à ses propres yeux. Les reproches d'Ellénore m'avaient persuadé que j'étais coupable; j'appris de celle qui croyait la défendre que je n'étais que malheureux. Je fus entraîné à l'aveu complet de mes sentiments: je convins que j'avais pour Ellénore du dévoûment, de la sympathie, de la pitié; mais j'ajoutai que l'amour n'entrait pour rien dans les devoirs que je m'imposais. Cette vérité, jusqu'alors renfermée dans mon coeur, et quelquefois seulement révélée à Ellénore au milieu du trouble et de la colère, prit à mes propres yeux plus de réalité et de force, par cela seul qu'un autre en était devenu dépositaire. C'est un grand pas, c'est un pas irréparable, lorsqu'on dévoile tout à coup aux yeux d'un tiers les replis cachés d'une relation intime; le jour qui pénètre dans ce sanctuaire constate et achève les destructions que la nuit enveloppait de ses ombres: ainsi les corps renfermés dans les tombeaux conservent souvent leur première forme, jusqu'à ce que l'air extérieur vienne les frapper et les réduire en poudre.

L'amie d'Ellénore me quitta: j'ignore quel compte elle lui rendit de notre conversation, mais, en approchant du salon, j'entendis Ellénore qui parlait d'une voix trèsanimée; en m'apercevant elle se tut. Bientôt elle reproduisit, sous diverses formes, des idées générales, qui n'étaient que des attaques particulières. Rien n'est plus bizarre, disaitelle, que le zèle de certaines amitiés; il y a des gens qui s'empressent de se charger de vos intérêts pour mieux abandonner votre cause; ils appellent cela de l'attachement: j'aimerais mieux de la haine. Je compris facilement que l'amie d'Ellénore avait embrassé mon parti contre elle, et l'avait irritée en ne paraissant pas me juger assez coupable. Je me sentis assez d'intelligence avec un autre contre Ellénore: c'était entre nos coeurs une barrière de plus.

Quelques jours après, Ellénore alla plus loin: elle était incapable de tout empire sur ellemême; dès qu'elle croyait avoir un sujet de plainte, elle marchait droit à l'explication, sans ménagement et sans calcul, et préférait le danger de rompre à la contrainte de dissimuler. Les deux amies se séparèrent à jamais brouillées.

Pourquoi mêler des étrangers à nos discussions intimes? disje à Ellénore. Avonsnous besoin d'un tiers pour nous entendre? et si nous ne nous entendons plus, quel tiers pourrait y porter remède? Vous avez raison, me réponditelle: mais c'est votre faute; autrefois je ne m'adressais à personne pour arriver jusqu'à votre coeur.

Tout à coup Ellénore annonça le projet de changer son genre de vie. Je démêlai par ses discours qu'elle attribuait à la solitude dans laquelle nous vivions le mécontentement qui me dévorait: elle épuisait toutes les explications fausses avant de se résigner à la véritable. Nous passions tête à tête de monotones soirées entre le silence et l'humeur; la source des longs entretiens était tarie.

Ellénore résolut d'attirer chez elle les familles nobles qui résidaient dans son voisinage ou à Varsovie. J'entrevis facilement les obstacles et les dangers de ses tentatives. Les parents qui lui disputaient son héritage avaient révélé ses erreurs passées, et répandu contre elle mille bruits calomnieux. Je frémis des humiliations qu'elle allait braver, et je tâchai de la dissuader de cette entreprise. Mes représentations furent inutiles; je blessai sa fierté par mes craintes, bien que je ne les exprimasse qu'avec ménagement. Elle supposa que j'étais embarrassé de nos liens, parce que son existence était équivoque; elle n'en fut que plus empressée à reconquérir une place honorable dans le monde: ses efforts obtinrent quelque succès. La fortune dont elle jouissait, sa beauté, que le temps n'avait encore que légèrement diminuée, le bruit même de ses aventures, tout en elle excitait la curiosité. Elle se vit entourée bientôt d'une société nombreuse; mais elle était poursuivie d'un sentiment secret d'embarras et d'inquiétude. J'étais mécontent de ma situation, elle s'imaginait que je l'étais de la sienne; elle s'agitait pour en sortir; son désir ardent ne lui permettait point de calcul, sa position fausse jetait de l'inégalité dans sa conduite et de la précipitation dans ses démarches. Elle avait l'esprit juste, mais peu étendu; la justesse de son esprit était dénaturée par l'emportement de son caractère, et son peu d'étendue l'empêchait d'apercevoir la ligne la plus habile, et de saisir des nuances délicates. Pour la première fois elle avait un but; et comme elle se précipitait vers ce but, elle le manquait. Que de dégoûts elle dévora sans me les communiquer! que de fois je rougis pour elle sans avoir la force de le lui dire! Tel est, parmi les hommes, le pouvoir de la réserve et de la mesure, que je l'avais vue plus respectée par les amis du comte de P comme sa maîtresse, qu'elle ne l'était par ses voisins comme héritière d'une grande fortune, au milieu de ses vassaux. Tour à tour haute et suppliante, tantôt prévenante, tantôt susceptible, il y avait dans ses actions et dans ses paroles je ne sais quelle fougue destructive de la considération, qui ne se compose que du calme.

En relevant ainsi les défauts d'Ellénore, c'est moi que j'accuse et que je condamne. Un mot de moi l'aurait calmée: pourquoi n'aije pu prononcer ce mot?

Nous vivions cependant plus doucement ensemble; la distraction nous soulageait de nos pensées habituelles. Nous n'étions seuls que par intervalles; et comme nous avions l'un dans l'autre une confiance sans bornes, excepté sur nos sentiments intimes, nous mettions les observations et les faits à la place de ces sentiments, et nos conversations avaient repris quelque charme. Mais bientôt ce nouveau genre de vie devint pour moi la source d'une nouvelle perplexité. Perdu dans la foule qui environnait Ellénore, je m'aperçus que j'étais l'objet de l'étonnement et du blâme. L'époque approchait où son procès devait être jugé: ses adversaires prétendaient qu'elle avait aliéné le coeur paternel par des égarements sans nombre; ma présence venait à l'appui de leurs assertions. Ses amis me reprochaient de lui faire tort. Ils excusaient sa passion pour moi, mais ils m'accusaient d'indélicatesse: j'abusais, disaientils, d'un sentiment que j'aurais dû modérer. Je savais seul qu'en l'abandonnant je l'entraînerais sur mes pas, et qu'elle négligerait pour me suivre tout le soin de sa fortune et tous les calculs de la prudence. Je ne pouvais rendre le public dépositaire de ce secret; je ne paraissais donc dans la maison d'Ellénore qu'un étranger nuisible au succès même des démarches qui allaient décider de son sort; et, par un étrange renversement de la vérité, tandis que j'étais la victime de ses volontés inébranlables, c'était elle que l'on plaignait comme victime de mon ascendant.

Une nouvelle circonstance vint compliquer encore cette situation douloureuse.

Une singulière révolution s'opéra tout à coup dans la conduite et dans les manières d'Ellénore: jusqu'à cette époque elle n'avait paru occupée que de moi; soudain je la vis recevoir et rechercher les hommages des hommes qui l'entouraient. Cette femme si réservée, si froide, si ombrageuse, semble subitement changer de caractère. Elle encourageait les sentiments et même les espérances d'une foule de jeunes gens, dont les uns étaient séduits par sa figure, et dont quelques autres, malgré ses erreurs passées, aspiraient sérieusement à sa main; elle leur accordait de longs têteàtête; elle avait avec eux ces formes douteuses, mais attrayantes, qui ne repoussent mollement que pour retenir, parce qu'elles annoncent plutôt l'indécision que l'indifférence, et des retards que des refus. J'ai su par elle dans la suite, et les faits me l'ont démontré, qu'elle agissait ainsi par un calcul faux et déplorable. Elle croyait ranimer mon amour en excitant ma jalousie; mais c'était agiter des cendres que rien ne pouvait réchauffer. Peutêtre aussi se mêlaitil à ce calcul, sans qu'elle s'en rendît compte, quelque vanité de femme! Elle était blessée de ma froideur, elle voulait se prouver à ellemême qu'elle avait encore des moyens de plaire. Peutêtre enfin, dans l'isolement où je laissais son coeur, trouvaitelle une sorte de consolation à s'entendre répéter des expressions d'amour que depuis longtemps je ne prononçais plus!

Quoi qu'il en soit, je me trompai quelque temps sur ses motifs. J'entrevis l'aurore de ma liberté future; je m'en félicitai. Tremblant d'interrompre par quelque mouvement inconsidéré cette grande crise à laquelle j'attachais ma délivrance, je devins plus doux, je parus plus content. Ellénore prit ma douceur pour de la tendresse, mon espoir de la voir enfin heureuse sans moi pour le désir de la rendre heureuse. Elle s'applaudit de son stratagème. Quelquefois pourtant elle s'alarmait de ne me voir aucune inquiétude; elle me reprochait de ne mettre aucun obstacle à ces liaisons qui, en apparence, menaçaient de me l'enlever. Je repoussais ses accusations par des plaisanteries, mais je ne parvenais pas toujours à l'apaiser; son caractère se faisait jour à travers la dissimulation qu'elle s'était imposée. Les scènes recommençaient sur un autre terrain, mais non moins orageuses. Ellénore m'imputait ses propres torts; elle m'insinuait qu'un seul mot la ramènerait à moi tout entière; puis, offensée de mon silence, elle se précipitait de nouveau dans la coquetterie avec une espèce de fureur.

C'est ici surtout, je le sens, que l'on m'accusera de faiblesse. Je voulais être libre, et je le pouvais avec l'approbation générale; je le devais peutêtre: la conduite d'Ellénore m'y autorisait et semblait m'y contraindre. Mais ne savaisje pas que cette conduite était mon ouvrage? ne savaisje pas qu'Ellénore, au fond de son coeur, n'avait pas cessé de m'aimer? Pouvaisje la punir d'une imprudence que je lui faisais commettre, et, froidement hypocrite, chercher un prétexte dans ces imprudences pour l'abandonner sans pitié?

Certes, je ne veux point m'excuser, je me condamne plus sévèrement qu'un autre peutêtre ne le ferait à ma place; mais je puis au moins me rendre ici ce solennel témoignage, que je n'ai jamais agi par calcul, et que j'ai toujours été dirigé par des sentiments vrais et naturels. Comment se faitil qu'avec ces sentiments je n'aie fait si longtemps que mon malheur et celui des autres?

La société cependant m'observait avec surprise. Mon séjour chez Ellénore ne pouvait s'expliquer que par un extrême attachement pour elle, et mon indifférence sur les liens qu'elle semblait toujours prête à contracter démentait cet attachement. L'on attribua ma tolérance inexplicable à une légèreté de principes, à une insouciance pour la morale, qui annonçaient, disait-on, un homme profondément égoïste, et que le monde avait corrompu. Ces conjectures, d'autant plus propres à faire impression qu'elles étaient plus proportionnées aux âmes qui les concevaient, furent accueillies et répétées. Le bruit en parvint enfin jusqu'à moi; je fus indigné de cette découverte inattendue: pour prix de mes longs services, j'étais méconnu, calomnié; j'avais, pour une femme, oublié tous les intérêts et repoussé tous les plaisirs de la vie, et c'était moi que l'on condamnait.

Je m'expliquai vivement avec Ellénore: un mot fit disparaître cette tourbe d'adorateurs qu'elle n'avait appelés que pour me faire craindre sa perte. Elle restreignit sa société à quelques femmes et à un petit nombre d'hommes âgés. Tout reprit autour de nous une apparence régulière; mais nous n'en fûmes que plus malheureux: Ellénore se croyait de nouveaux droits; je me sentais chargé de nouvelles chaînes.

Je ne saurais peindre quelles amertumes et quelles fureurs résultèrent de nos rapports ainsi compliqués. Notre vie ne fut plus qu'un perpétuel orage; l'intimité perdit tous ses charmes, et l'amour toute sa douceur; il n'y eut plus même entre nous ces retours passagers qui semblent guérir pour quelques instants d'incurables blessures. La vérité se fit jour de toutes parts, et j'empruntai, pour me faire entendre, les expressions les plus dures et les plus impitoyables. Je ne m'arrêtais que lorsque je voyais Ellénore dans les larmes; et ses larmes mêmes n'étaient qu'une lave brûlante qui, tombant goutte à goutte sur mon coeur, m'arrachait des cris, sans pouvoir m'arracher un désaveu. Ce fut alors que, plus d'une fois, je la vis se lever pâle et prophétique: Adolphe, s'écriait-elle, vous ne savez pas le mal que vous faites; vous l'apprendrez un jour, vous l'apprendrez par moi, quand vous m'aurez précipitée dans la tombe. Malheureux! lorsqu'elle parlait ainsi, que ne m'y suis-je jeté moi-même avant elle!

CHAPITRE IX.

Je n'étais pas retourné chez le baron de T depuis ma dernière visite.
Un matin je reçus de lui le billet suivant:
«Les conseils que je vous avais donnés ne méritaient pas une si longue absence. Quelque parti que vous preniez sur ce qui vous regarde, vous n'en êtes pas moins le fils de mon ami le plus cher, je n'en jouirai pas moins avec plaisir de votre société, et j'en aurais beaucoup à vous introduire dans un cercle dont j'ose vous promettre qu'il vous sera agréable de faire partie. Permettezmoi d'ajouter que, plus votre genre de vie, que je ne veux point désapprouver, a quelque chose de singulier, plus il vous importe de dissiper des préventions mal fondées sans doute, en vous montrant dans le monde.»

Je fus reconnaissant de la bienveillance qu'un homme âgé me témoignait. Je me rendis chez lui; il ne fut pas question d'Ellénore. Le baron me retint à dîner: il n'y avait ce jourlà que quelques hommes assez spirituels et assez aimables. Je fus d'abord embarrassé, mais je fis effort sur moimême; je me ranimai, je parlai; je déployai le plus qu'il me fut possible de l'esprit et des connaissances. Je m'aperçus que je réussissais à captiver l'approbation. Je retrouvai dans ce genre de succès une jouissance d'amourpropre dont j'avais été privé dès longtemps: cette jouissance me rendit la société du baron de T plus agréable.

Mes visites chez lui se multiplièrent. Il me chargea de quelques travaux relatifs à sa mission, et qu'il croyait pouvoir me confier sans inconvénient. Ellénore fut d'abord surprise de cette révolution dans ma vie; mais je lui parlai de l'amitié du baron pour mon père, et du plaisir que je goûtais à consoler ce dernier de mon absence, en ayant l'air de m'occuper utilement. La pauvre Ellénore, je l'écris dans ce moment avec un sentiment de remords, éprouva plus de joie de ce que je paraissais plus tranquille, et se résigna, sans trop se plaindre, à passer souvent la plus grande partie de la journée séparée de moi. Le baron, de son côté, lorsqu'un peu de confiance se fut établie entre nous, me reparla d'Ellénore. Mon intention positive était toujours d'en dire du bien, mais, sans m'en apercevoir, je m'exprimais sur elle d'un ton plus leste et plus dégagé: tantôt j'indiquais, par des maximes générales, que je reconnaissais la nécessité de m'en détacher; tantôt la plaisanterie venait à mon secours; je parlais en riant des femmes et de la difficulté de rompre avec elles. Ces discours amusaient un vieux ministre dont l'âme était usée, et qui se rappelait vaguement que, dans sa jeunesse, il avait aussi été tourmenté par des intrigues d'amour. De la sorte, par cela seul que j'avais un sentiment caché, je trompais plus ou moins tout le monde: je trompais Ellénore, car je savais que le baron voulait m'éloigner d'elle, et je le lui taisais; je trompais M. de T car je lui laissais espérer que j'étais prêt à briser mes liens. Cette duplicité était fort éloignée de mon caractère naturel; mais l'homme se déprave dès qu'il a dans le coeur une seule pensée qu'il est constamment forcé de dissimuler.

Jusqu'alors je n'avais fait connaissance, chez le baron de T qu'avec les hommes qui composaient sa société particulière. Un jour il me proposa de rester à une grande fête qu'il donnait pour la naissance de son maître. Vous y rencontrerez, me ditil, les plus jolies femmes de Pologne: vous n'y trouverez pas, il est vrai, celle que vous aimez; j'en suis fâché, mais il y a des femmes que l'on ne voit que chez elles. Je fus péniblement affecté de cette phrase; je gardai le silence, mais je me reprochais intérieurement de ne pas défendre Ellénore, qui, si l'on m'eût attaqué en sa présence, m'aurait si vivement défendu.

L'assemblée était nombreuse; on m'examinait avec attention. J'entendais répéter tout bas, autour de moi, le nom de mon père, celui d'Ellénore, celui du comte de P. On se taisait à mon approche; on recommençait quand je m'éloignais. Il m'était démontré que l'on se racontait mon histoire, et chacun, sans doute, la racontait à sa manière. Ma situation était insupportable; mon front était couvert d'une sueur froide; tour à tour je rougissais et je pâlissais.

Le baron s'aperçut de mon embarras. Il vint à moi, redoubla d'attentions et de prévenances, chercha toutes les occasions de me donner des éloges, et l'ascendant de sa considération força bientôt les autres à me témoigner les mêmes égards.

Lorsque tout le monde se fut retiré: Je voudrais, me dit M. de T vous parler encore une fois à coeur ouvert. Pourquoi voulezvous rester dans une situation dont vous souffrez? À qui faitesvous du bien? Croyezvous que l'on ne sache pas ce qui se passe entre vous et Ellénore? Tout le monde est informé de votre aigreur et de votre mécontentement réciproque. Vous vous faites du tort par votre faiblesse, vous ne vous en faites pas moins par votre dureté; car, pour comble d'inconséquence, vous ne la rendez pas heureuse, cette femme qui vous rend si malheureux.

J'étais encore froissé de la douleur que j'avais éprouvée. Le baron me montra plusieurs lettres de mon père. Elles annonçaient une affliction bien plus vive que je ne l'avais supposée. Je fus ébranlé. L'idée que je prolongeais les agitations d'Ellénore vint ajouter à mon irrésolution. Enfin, comme si tout s'était réuni contre elle, tandis que j'hésitais, ellemême, par sa véhémence, acheva de me décider. J'avais été absent tout le jour; le baron m'avait retenu chez lui après l'assemblée; la nuit s'avançait. On me remit, de la part d'Ellénore, une lettre en présence du baron de T. Je vis dans les yeux de ce dernier une sorte de pitié de ma servitude. La lettre d'Ellénore était pleine d'amertume. Quoi! me disje, je ne puis passer un jour libre! je ne puis respirer une heure en paix! Elle me poursuit partout, comme un esclave qu'on doit ramener à ses pieds; et, d'autant plus violent que je me sentais plus faible: Oui, m'écriaije, je le prends, l'engagement de rompre avec Ellénore, j'oserai le lui déclarer moimême; vous pouvez d'avance en instruire mon père.

En disant ces mots, je m'élançai loin du baron. J'étais oppressé des paroles que je venais de prononcer, et je ne croyais qu'à peine à la promesse que j'avais donnée.

Ellénore m'attendait avec impatience. Par un hasard étrange, on lui avait parlé, pendant mon absence, pour la première fois, des efforts du baron de T pour me détacher d'elle. On lui avait rapporté les discours que j'avais tenus, les plaisanteries que j'avais faites. Ses soupçons étant éveillés, elle avait rassemblé dans son esprit plusieurs circonstances qui lui paraissaient les confirmer. Ma liaison subite avec un homme que je ne voyais jamais autrefois, l'intimité qui existait entre cet homme et mon père, lui semblaient des preuves irréfragables. Son inquiétude avait fait tant de progrès en peu d'heures, que je la trouvai pleinement convaincue de ce qu'elle nommait ma perfidie.

J'étais arrivé auprès d'elle décidé à lui tout dire. Accusé par elle, le croiraton? je ne m'occupai qu'à tout éluder. Je niai même, oui, je niai ce jourlà ce que j'étais déterminé à lui déclarer le lendemain.

Il était tard, je la quittai; je me hâtai de me coucher pour terminer cette longue journée; et quand je fus bien sûr qu'elle était finie, je me sentis, pour le moment, délivré d'un poids énorme.

Je ne me levai le lendemain que vers le milieu du jour, comme si, en retardant le commencement de notre entrevue, j'avais retardé l'instant fatal.

Ellénore s'était rassurée pendant la nuit, et par ses propres réflexions, et par mes discours de la veille. Elle me parla de ses affaires avec un air de confiance qui n'annonçait que trop qu'elle regardait nos existences comme indissolublement unies. Où trouver des paroles qui la repoussassent dans l'isolement?

Le temps s'écoulait avec une rapidité effrayante. Chaque minute ajoutait à la nécessité d'une explication. Des trois jours que j'avais fixés, déjà le second était près de disparaître. M. de T m'attendait au plus tard le surlendemain. Sa lettre pour mon père était partie, et j'allais manquer à ma promesse sans avoir fait pour l'exécuter la moindre tentative. Je sortais, je rentrais, je prenais la main d'Ellénore, je commençais une phrase que j'interrompais aussitôt; je regardais la marche du soleil qui s'inclinait vers l'horizon. La nuit revint, j'ajournai de nouveau. Un jour me restait: c'était assez d'une heure.

Ce jour se passa comme le précédent. J'écrivis à M. de T pour lui demander du temps encore: et, comme il est naturel aux caractères faibles de le faire, j'entassai dans ma lettre mille raisonnements pour justifier mon retard, pour démontrer qu'il ne changeait rien à la résolution que j'avais prise, et que, dès l'instant même, on pouvait regarder mes liens avec Ellénore comme brisés pour jamais.

CHAPITRE X.

Je passai les jours suivants plus tranquille. J'avais rejeté dans le vague la nécessité d'agir; elle ne me poursuivait plus comme un spectre; je croyais avoir tout le temps de préparer Ellénore. Je voulais être plus doux, plus tendre avec elle, pour conserver au moins des souvenirs d'amitié. Mon trouble était tout différent de celui que j'avais connu jusqu'alors. J'avais imploré le ciel pour qu'il élevât soudain entre Ellénore et moi un obstacle que je ne pusse franchir. Cet obstacle s'était élevé. Je fixais mes regards sur Ellénore comme sur un être que j'allais perdre. L'exigence, qui m'avait paru tant de fois insupportable, ne m'effrayait plus; je m'en sentais affranchi d'avance. J'étais plus libre en lui cédant encore, et je n'éprouvais plus cette révolte intérieure qui jadis me portait sans cesse à tout déchirer. Il n'y avait plus en moi d'impatience; il y avait, au contraire, un désir secret de retarder le moment funeste.

Ellénore s'aperçut de cette disposition plus affectueuse et plus sensible: ellemême devint moins amère. Je recherchais des entretiens que j'avais évités; je jouissais de ses expressions d'amour, naguère importunes, précieuses maintenant, comme pouvant chaque fois être les dernières.

Un soir, nous nous étions quittés après une conversation plus douce que de coutume. Le secret que je renfermais dans mon sein me rendait triste; mais ma tristesse n'avait rien de violent. L'incertitude sur l'époque de la séparation que j'avais voulue me servait à en écarter l'idée. La nuit, j'entendis dans le château un bruit inusité. Ce bruit cessa bientôt, et je n'y attachai point d'importance. Le matin cependant, l'idée m'en revint; j'en voulus savoir la cause, et je dirigeai mes pas vers la chambre d'Ellénore. Quel fut mon étonnement, lorsqu'on me dit que depuis douze heures elle avait une fièvre ardente, qu'un médecin que ses gens avaient fait appeler déclarait sa vie en danger, et qu'elle avait défendu impérieusement que l'on m'avertît ou qu'on me laissât pénétrer jusqu'à elle!

Je voulus insister. Le médecin sortit luimême pour me représenter la nécessité de ne lui causer aucune émotion. Il attribuait sa défense, dont il ignorait le motif, au désir de ne pas me causer d'alarmes. J'interrogeai les gens d'Ellénore avec angoisse sur ce qui avait pu la plonger d'une manière si subite dans un état si dangereux. La veille, après m'avoir quitté, elle avait reçu de Varsovie une lettre apportée par un homme à cheval; l'ayant ouverte et parcourue, elle s'était évanouie; revenue à elle, elle s'était jetée sur son lit sans prononcer une parole. L'une de ses femmes, inquiète de l'agitation qu'elle remarquait en elle, était restée dans sa chambre à son insu; vers le milieu de la nuit, cette femme l'avait vue saisie d'un tremblement qui ébranlait le lit sur lequel elle était couchée: elle avait voulu m'appeler; Ellénore s'y était opposée avec une espèce de terreur tellement violente, qu'on n'avait osé lui désobéir. On avait envoyé chercher un médecin; Ellénore avait refusé, refusait encore de lui répondre; elle avait passé la nuit prononçant des mots entrecoupés qu'on n'avait pu comprendre, et appuyant souvent son mouchoir sur sa bouche, comme pour s'empêcher de parler.

Tandis qu'on me donnait ces détails, une autre femme, qui était restée près d'Ellénore, accourut tout effrayée. Ellénore paraissait avoir perdu l'usage de ses sens. Elle ne distinguait rien de ce qui l'entourait. Elle poussait quelquefois des cris, elle répétait mon nom; puis, épouvantée, elle faisait signe de la main, comme pour que l'on éloignât d'elle quelque objet qui lui était odieux.

J'entrai dans sa chambre. Je vis au pied de son lit deux lettres. L'une était la mienne au baron de T l'autre était de luimême à Ellénore. Je ne conçus que trop alors le mot de cette affreuse énigme. Tous mes efforts pour obtenir le temps que je voulais consacrer encore aux derniers adieux s'étaient tournés de la sorte contre l'infortunée que j'aspirais à ménager. Ellénore avait lu, tracées de ma main, mes promesses de l'abandonner, promesses qui n'avaient été dictées que par le désir de rester plus longtemps près d'elle, et que la vivacité de ce désir même m'avait porté à répéter, à développer de mille manières. L'oeil indifférent de M. de T avait facilement démêlé dans ces protestations réitérées à chaque ligne l'irrésolution que je déguisais, et les ruses de ma propre incertitude; mais le cruel avait trop bien calculé qu'Ellénore y verrait un arrêt irrévocable. Je m'approchai d'elle: elle me regarda sans me reconnaître. Je lui parlai: elle tressaillit. Quel est ce bruit? s'écriatelle; c'est la voix qui m'a fait du mal. Le médecin remarqua que ma présence ajoutait à son délire, et me conjura de m'éloigner. Comment peindre ce que j'éprouvai pendant trois longues heures? Le médecin sortit enfin. Ellénore était tombée dans un profond assoupissement. Il ne désespérait pas de la sauver, si, à son réveil, la fièvre était calmée.

Ellénore dormit longtemps. Instruit de son réveil, je lui écrivis pour lui demander de me recevoir. Elle me fit dire d'entrer. Je voulus parler; elle m'interrompit. Que je n'entende de vous, ditelle, aucun mot cruel. Je ne réclame plus, je ne m'oppose à rien; mais que cette voix que j'ai tant aimée, que cette voix qui retentissait au fond de mon coeur n'y pénètre pas pour le déchirer. Adolphe, Adolphe, j'ai été violente, j'ai pu vous offenser; mais vous ne savez pas ce que j'ai souffert. Dieu veuille que jamais vous ne le sachiez!

Son agitation devint extrême. Elle posa son front sur ma main; il était brûlant; une contraction terrible défigurait ses traits. Au nom du ciel, m'écriaije, chère Ellénore, écoutezmoi. Oui, je suis coupable: cette lettre... Elle frémit et voulut s'éloigner. Je la retins. Faible, tourmenté, continuaije, j'ai pu céder un moment à une instance cruelle; mais n'avezvous pas vousmême mille preuves que je ne puis vouloir ce qui nous sépare? J'ai été mécontent, malheureux, injuste; peutêtre, en luttant avec trop de violence contre une imagination rebelle, avezvous donné de la force à des velléités passagères que je méprise aujourd'hui; mais pouvezvous douter de mon affection profonde? Nos âmes ne sontelles pas enchaînées l'une à l'autre par mille liens que rien ne peut rompre? Tout le passé ne nous estil pas commun? Pouvonsnous jeter un regard sur les trois années qui viennent de finir sans nous retracer des impressions que nous avons partagées, des plaisirs que nous avons goûtés, des peines que nous avons supportées ensemble? Ellénore, commençons en ce jour une nouvelle époque, rappelons les heures du bonheur et de l'amour. Elle me regarda quelque temps avec l'air du doute. Votre père, repritelle enfin, vos devoirs, votre famille, ce qu'on attend de vous!... Sans doute, répondisje, une fois, un jour, peutêtre... Elle remarqua que j'hésitais. Mon Dieu, s'écriatelle, pourquoi m'avaitil rendu l'espérance pour me la ravir aussitôt! Adolphe, je vous remercie de vos efforts, ils m'ont fait du bien, d'autant plus de bien qu'ils ne vous coûteront, je l'espère, aucun sacrifice; mais, je vous en conjure, ne parlons plus de l'avenir. Ne vous reprochez rien, quoi qu'il arrive. Vous avez été bon pour moi. J'ai voulu ce qui n'était pas possible. L'amour était toute ma vie: il ne pouvait être la vôtre. Soignezmoi maintenant quelques jours encore. Des larmes coulèrent abondamment de ses yeux; sa respiration fut moins oppressée; elle appuya sa tête sur mon épaule. C'est ici, ditelle, que j'ai toujours désiré mourir. Je la serrai contre mon coeur, j'abjurai de nouveau mes projets, je désavouai mes fureurs cruelles. Non, repritelle, il faut que vous soyez libre et content.Puisje l'être si vous êtes malheureuse?Je ne serai pas longtemps malheureuse, vous n'aurez pas longtemps à me plaindre.Je rejetai loin de moi des craintes que je voulais croire chimériques. Non, non, cher Adolphe, me ditelle, quand on a longtemps invoqué la mort, le ciel nous envoie à la fin je ne sais quel pressentiment infaillible qui nous avertit que notre prière est exaucée.Je lui jurai de ne jamais la quitter.Je l'ai toujours espéré, maintenant j'en suis sûre.

C'était une de ces journées d'hiver où le soleil semble éclairer tristement la campagne grisâtre, comme s'il regardait en pitié la terre qu'il a cessé de réchauffer. Ellénore me proposa de sortir. Il fait bien froid, lui disje.N'importe, je voudrais me promener avec vous. Elle prit mon bras; nous marchâmes longtemps sans rien dire; elle avançait avec peine, et se penchait sur moi presque tout entière.Arrêtonsnous un instant.Non, me réponditelle, j'ai du plaisir à me sentir encore soutenue par vous. Nous retombâmes dans le silence. Le ciel était serein; mais les arbres étaient sans feuilles; aucun souffle n'agitait l'air, aucun oiseau ne le traversait: tout était immobile, et le seul bruit qui se fit entendre était celui de l'herbe glacée qui se brisait sous nos pas. Comme tout est calme! me dit Ellénore; comme la nature se résigne! le coeur aussi ne doitil pas apprendre à se résigner? Elle s'assit sur une pierre; tout à coup elle se mit à genoux, et baissant la tête, elle l'appuya sur ses deux mains. J'entendis quelques mots prononcés à voix basse. Je m'aperçus qu'elle priait. Se relevant enfin: Rentrons, ditelle, le froid m'a saisie. J'ai peur de me trouver mal. Ne me dites rien; je ne suis pas en état de vous entendre.

À dater de ce jour, je vis Ellénore s'affaiblir et dépérir. Je rassemblai de toutes parts des médecins autour d'elle: les uns m'annoncèrent un mal sans remède, d'autres me bercèrent d'espérances vaines; mais la nature, sombre et silencieuse, poursuivait d'un bras invisible son travail impitoyable. Par moments, Ellénore semblait reprendre à la vie. On eût dit quelquefois que la main de fer qui pesait sur elle s'était retirée. Elle relevait sa tête languissante; ses joues se couvraient de couleurs un peu plus vives; ses yeux se ranimaient: mais tout à coup, par le jeu cruel d'une puissance inconnue, ce mieux mensonger disparaissait, sans que l'art en pût deviner la cause. Je la vis de la sorte marcher par degrés à la destruction. Je vis se graver sur cette figure si noble et si expressive les signes avantcoureurs de la mort. Je vis, spectacle humiliant et déplorable! ce caractère énergique et fier recevoir de la souffrance physique mille impressions confuses et incohérentes, comme si, dans ces instants terribles, l'âme, froissée par le corps, se métamorphosait en tous sens pour se plier avec moins de peine à la dégradation des organes.

Un seul sentiment ne varia jamais dans le coeur d'Ellénore: ce fut sa tendresse pour moi. Sa faiblesse lui permettait rarement de me parler; mais elle fixait sur moi ses yeux en silence, et il me semblait alors que ses regards me demandaient la vie que je ne pouvais plus lui donner. Je craignais de lui causer une émotion violente; j'inventais des prétextes pour sortir: je parcourais au hasard tous les lieux où je m'étais trouvé avec elle; j'arrosais de mes pleurs les pierres, le pied des arbres, tous les objets qui me retraçaient son souvenir.

Ce n'étaient pas les regrets de l'amour, c'était un sentiment plus sombre et plus triste; l'amour s'identifie tellement à l'objet aimé, que dans son désespoir même il y a quelque charme. Il lutte contre la réalité, contre la destinée; l'ardeur de son désir le trompe sur ses forces, et l'exalte au milieu de sa douleur. La mienne était morne et solitaire; je n'espérais point mourir avec Ellénore; j'allais vivre sans elle dans ce désert du monde, que j'avais souhaité tant de fois de traverser indépendant. J'avais brisé l'être qui m'aimait; j'avais brisé ce coeur, compagnon du mien, qui avait persisté à se dévouer à moi, dans sa tendresse infatigable; déjà l'isolement m'atteignait. Ellénore respirait encore, mais je ne pouvais plus lui confier mes pensées; j'étais déjà seul sur la terre; je ne vivais plus dans cette atmosphère d'amour qu'elle répandait autour de moi; l'air que je respirais me paraissait plus rude, les visages des hommes que je rencontrais plus indifférents; toute la nature semblait me dire que j'allais à jamais cesser d'être aimé.

Le danger d'Ellénore devint tout à coup plus imminent; des symptômes qu'on ne pouvait méconnaître annoncèrent sa fin prochaine: un prêtre de sa religion l'en avertit. Elle me pria de lui apporter une cassette qui contenait beaucoup de papiers; elle en fit brûler plusieurs devant elle, mais elle paraissait en chercher un qu'elle ne trouvait point, et son inquiétude était extrême. Je la suppliai de cesser cette recherche qui l'agitait, et pendant laquelle, deux fois, elle s'était évanouie. J'y consens, me réponditelle; mais, cher Adolphe, ne me refusez pas une prière. Vous trouverez parmi mes papiers, je ne sais où, une lettre qui vous est adressée; brûlezla sans la lire, je vous en conjure au nom de notre amour, au nom de ces derniers moments que vous avez adoucis. Je le lui promis; elle fut plus tranquille. Laissezmoi me livrer à présent, me ditelle, aux devoirs de ma religion; j'ai bien des fautes à expier: mon amour pour vous fut peutêtre une faute; je ne le croirais pourtant pas, si cet amour avait pu vous rendre heureux.

Je la quittai: je ne rentrai qu'avec tous ses gens pour assister aux dernières et solennelles prières; à genoux dans un coin de sa chambre, tantôt je m'abîmais dans mes pensées, tantôt je contemplais, par une curiosité involontaire, tous ces hommes réunis, la terreur des uns, la distraction des autres, et cet effet singulier de l'habitude qui introduit l'indifférence dans toutes les pratiques prescrites, et qui fait regarder les cérémonies les plus augustes et les plus terribles comme des choses convenues et de pure forme; j'entendais ces hommes répéter machinalement les paroles funèbres, comme si eux aussi n'eussent pas dû être acteurs un jour dans une scène pareille, comme si eux aussi n'eussent pas dû mourir un jour. J'étais loin cependant de dédaigner ces pratiques; en estil une seule dont l'homme, dans son ignorance, ose prononcer l'inutilité? Elles rendaient du calme à Ellénore; elles l'aidaient à franchir ce pas terrible vers lequel nous avançons tous, sans qu'aucun de nous puisse prévoir ce qu'il doit éprouver alors. Ma surprise n'est pas que l'homme ait besoin d'une religion; ce qui m'étonne, c'est qu'il se croie jamais assez fort, assez à l'abri du malheur pour oser en rejeter une: il devrait, ce me semble, être porté, dans sa faiblesse, à les invoquer toutes; dans la nuit épaisse qui nous entoure, estil une lueur que nous puissions repousser? au milieu du torrent qui nous entraîne, estil une branche à laquelle nous osions refuser de nous retenir?

L'impression produite sur Ellénore par une solennité si lugubre parut l'avoir fatiguée. Elle s'assoupit d'un sommeil assez paisible; elle se réveilla moins souffrante. J'étais seul dans sa chambre; nous nous parlions de temps en temps à de longs intervalles. Le médecin qui s'était montré le plus habile dans ses conjectures m'avait prédit qu'elle ne vivrait pas vingtquatre heures; je regardais tour à tour une pendule qui marquait les heures, et le visage d'Ellénore, sur lequel je n'apercevais nul changement nouveau. Chaque minute qui s'écoulait ranimait mon espérance, et je révoquais en doute les présages d'un art mensonger. Tout à coup Ellénore s'élança par un mouvement subit; je la retins dans mes bras: un tremblement convulsif agitait son corps; ses yeux me cherchaient, mais dans ses yeux se peignait un effroi vague, comme si elle eût demandé grâce à quelque objet menaçant qui se dérobait à mes regards; elle se relevait, elle retombait, on voyait qu'elle s'efforçait de fuir; on eût dit qu'elle luttait contre une puissance physique invisible, qui, lassée d'attendre le moment funeste, l'avait saisie et la retenait pour l'achever sur ce lit de mort. Elle céda enfin à l'acharnement de la nature ennemie; ses membres s'affaissèrent, elle sembla reprendre quelque connaissance: elle me serra la main; elle voulut pleurer, il n'y avait plus de larmes; elle voulut parler, il n'y avait plus de voix: elle laissa tomber, comme résignée, sa tête sur le bras qui l'appuyait; sa respiration devint plus lente: quelques instants après, elle n'était plus.

Je demeurai longtemps immobile près d'Ellénore sans vie. La conviction de sa mort n'avait pas encore pénétré dans mon âme; mes yeux contemplaient avec un étonnement stupide ce corps inanimé. Une de ses femmes étant entrée répandit dans la maison la sinistre nouvelle. Le bruit qui se fit autour de moi me tira de la léthargie où j'étais plongé; je me levai: ce fut alors que j'éprouvai la douleur déchirante et toute l'horreur de l'adieu sans retour. Tant de mouvement, cette activité de la vie vulgaire, tant de soins et d'agitations qui ne la regardaient plus, dissipèrent cette illusion que je prolongeais, cette illusion par laquelle je croyais encore exister avec Ellénore. Je sentis le dernier lien se rompre, et l'affreuse réalité se placer à jamais entre elle et moi. Combien elle me pesait, cette liberté que j'avais tant regrettée! Combien elle manquait à mon coeur, cette dépendance qui m'avait révolté souvent! Naguère toutes mes actions avaient un but; j'étais sûr, par chacune d'elles, d'épargner une peine ou de causer un plaisir: je m'en plaignais alors; j'étais impatienté qu'un oeil ami observât mes démarches, que le bonheur d'un autre y fût attaché. Personne maintenant ne les observait; elles n'intéressaient personne; nul ne me disputait mon temps ni mes heures; aucune voix ne me rappelait quand je sortais: j'étais libre en effet; je n'étais plus aimé: j'étais étranger pour tout le monde.

L'on m'apporta tous les papiers d'Ellénore, comme elle l'avait ordonné; à chaque ligne, j'y rencontrai de nouvelles preuves de son amour, de nouveaux sacrifices qu'elle m'avait faits et qu'elle m'avait cachés. Je trouvai enfin cette lettre que j'avais promis de brûler; je ne la reconnus pas d'abord, elle était sans adresse, elle était ouverte; quelques mots frappèrent mes regards malgré moi; je tentai vainement de les en détourner, je ne pus résister au besoin de la lire tout entière. Je n'ai pas la force de la transcrire: Ellénore l'avait écrite après une des scènes violentes qui avaient précédé sa maladie. Adolphe, me disaitelle, pourquoi vous acharnezvous sur moi? quel est mon crime? de vous aimer, de ne pouvoir exister sans vous. Par quelle pitié bizarre n'osezvous rompre un lien qui vous pèse, et déchirezvous l'être malheureux près de qui votre pitié vous retient? Pourquoi me refusezvous le triste plaisir de vous croire au moins généreux? Pourquoi vous montrezvous furieux et faible? L'idée de ma douleur vous poursuit, et le spectacle de cette douleur ne peut vous arrêter! Qu'exigezvous? que je vous quitte? ne voyezvous pas que je n'en ai pas la force? Ah! c'est à vous, qui n'aimez pas, c'est à vous à la trouver, cette force, dans ce coeur lassé de moi, que tant d'amour ne saurait désarmer. Vous ne me la donnerez pas, vous me ferez languir dans les larmes, vous me ferez mourir à vos pieds. Dites un mot, écrivaitelle ailleurs. Estil un pays où je ne vous suive? estil une retraite où je ne me cache pour vivre auprès de vous, sans être un fardeau dans votre vie? Mais non, vous ne le voulez pas. Tous les projets que je propose, timide et tremblante, car vous m'avez glacée d'effroi, vous les repoussez avec impatience. Ce que j'obtiens de mieux, c'est votre silence. Tant de dureté ne convient pas à votre caractère. Vous êtes bon; vos actions sont nobles et dévouées: mais quelles actions effaceraient vos paroles? Ces paroles acérées retentissent autour de moi: je les entends la nuit; elles me suivent, elles me dévorent, elles flétrissent tout ce que vous faites. Fautil donc que je meure, Adolphe? Eh bien, vous serez content; elle mourra, cette pauvre créature que vous avez protégée, mais que vous frappez à coups redoublés. Elle mourra, cette importune Ellénore que vous ne pouvez supporter autour de vous, que vous regardez comme un obstacle, pour qui vous ne trouvez pas sur la terre une place qui ne vous fatigue; elle mourra: vous marcherez seul au milieu de cette foule à laquelle vous êtes impatient de vous mêler! Vous les connaîtrez ces hommes que vous remerciez aujourd'hui d'être indifférents; et peutêtre un jour, froissé par ces coeurs arides, vous regretterez ce coeur dont vous disposiez, qui vivait de votre affection, qui eût bravé mille périls pour votre défense, et que vous ne daignez plus récompenser d'un regard.

LETTRE À L'ÉDITEUR.

Je vous renvoie, Monsieur, le manuscrit que vous avez eu la bonté de me confier. Je vous remercie de cette complaisance, bien qu'elle ait réveillé en moi de tristes souvenirs que le temps avait effacés. J'ai connu la plupart de ceux qui figurent dans cette histoire, car elle n'est que trop vraie. J'ai vu souvent ce bizarre et malheureux Adolphe, qui en est à la fois l'auteur et le héros; j'ai tenté d'arracher par mes conseils cette charmante Ellénore, digne d'un sort plus doux et d'un coeur plus fidèle, à l'être malfaisant qui, non moins misérable qu'elle, la dominait par une espèce de charme, et la déchirait par sa faiblesse. Hélas! la dernière fois que je l'ai vue, je croyais lui avoir donné quelque force, avoir armé sa raison contre son coeur. Après une trop longue absence, je suis revenu dans les lieux où je l'avais laissée, et je n'ai trouvé qu'un tombeau.

Vous devriez, Monsieur, publier cette anecdote. Elle ne peut désormais blesser personne, et ne serait pas, à mon avis, sans utilité. Le malheur d'Ellénore prouve que le sentiment le plus passionné ne saurait lutter contre l'ordre des choses. La société est trop puissante, elle se reproduit sous trop de formes, elle mêle trop d'amertumes à l'amour qu'elle n'a pas sanctionné; elle favorise ce penchant à l'inconstance, et cette fatigue impatiente, maladies de l'âme, qui la saisissent quelquefois subitement au sein de l'intimité. Les indifférents ont un empressement merveilleux à être tracassiers au nom de la morale et nuisibles par zèle pour la vertu; on dirait que la vue de l'affection les importune, parce qu'ils en sont incapables; et quand ils peuvent se prévaloir d'un prétexte, ils jouissent de l'attaquer et de la détruire. Malheur donc à la femme qui se repose sur un sentiment que tout se réunit pour empoisonner, et contre lequel la société, lorsqu'elle n'est pas forcée à le respecter comme légitime, s'arme de tout ce qu'il y a de mauvais dans le coeur de l'homme pour décourager tout ce qu'il y a de bon!

L'exemple d'Adolphe ne sera pas moins instructif, si vous ajoutez qu'après avoir repoussé l'être qui l'aimait, il n'a pas été moins inquiet, moins agité, moins mécontent; qu'il n'a fait aucun usage d'une liberté reconquise au prix de tant de douleurs et de tant de larmes; et qu'en se rendant bien digne de blâme, il s'est rendu aussi digne de pitié.

S'il vous en faut des preuves, Monsieur, lisez ces lettres qui vous instruiront du sort d'Adolphe; vous le verrez dans bien des circonstances diverses, et toujours la victime de ce mélange d'égoïsme et de sensibilité qui se combinait en lui pour son malheur et celui des autres; prévoyant le mal avant de le faire, et reculant avec désespoir après l'avoir fait; puni de ses qualités plus encore que de ses défauts, parce que ses qualités prenaient leur source dans ses émotions, et non dans ses principes; tour à tour le plus dévoué et le plus dur des hommes, mais ayant toujours fini par la dureté, après avoir commencé par le dévoûment, et n'ayant ainsi laissé de traces que de ses torts.

RÉPONSE.

Oui, Monsieur, je publierai le manuscrit que vous me renvoyez (non que je pense comme vous sur l'utilité dont il peut être; chacun ne s'instruit qu'à ses dépens dans ce monde, et les femmes qui le liront s'imagineront toutes avoir rencontré mieux qu'Adolphe ou valoir mieux qu'Ellénore); mais je le publierai comme une histoire assez vraie de la misère du coeur humain. S'il renferme une leçon instructive, c'est aux hommes que cette leçon s'adresse: il prouve que cet esprit, dont on est si fier, ne sert ni à trouver du bonheur ni à en donner; il prouve que le caractère, la fermeté, la fidélité, la bonté, sont les dons qu'il faut demander au ciel; et je n'appelle pas bonté cette pitié passagère qui ne subjugue point l'impatience, et ne l'empêche pas de rouvrir les blessures qu'un moment de regret avait fermées. La grande question dans la vie, c'est la douleur que l'on cause, et la métaphysique la plus ingénieuse ne justifie pas l'homme qui a déchiré le coeur qui l'aimait. Je hais d'ailleurs cette fatuité d'un esprit qui croit excuser ce qu'il explique; je hais cette vanité qui s'occupe d'ellemême en racontant le mal qu'elle a fait, qui a la prétention de se faire plaindre en se décrivant, et qui, planant indestructible au milieu des ruines, s'analyse au lieu de se repentir. Je hais cette faiblesse qui s'en prend toujours aux autres de sa propre impuissance, et qui ne voit pas que le mal n'est point dans ses alentours, mais qu'il est en elle. J'aurais deviné qu'Adolphe a été puni de son caractère par son caractère même, qu'il n'a suivi aucune route fixe, rempli aucune carrière utile, qu'il a consumé ses facultés sans autre direction que le caprice, sans autre force que l'irritation; j'aurais, disje, deviné tout cela, quand vous ne m'auriez pas communiqué sur sa destinée de nouveaux détails, dont j'ignore encore si je ferai quelque usage. Les circonstances sont bien peu de chose, le caractère est tout; c'est en vain qu'on brise avec les objets et les êtres extérieurs, on ne saurait briser avec soimême. On change de situation; mais on transporte dans chacune le tourment dont on espérait se délivrer; et comme on ne se corrige pas en se déplaçant, l'on se trouve seulement avoir ajouté des remords aux regrets et des fautes aux souffrances.

FIN D'ADOLPHE.

QUELQUES RÉFLEXIONS SUR LA TRAGÉDIE DE WALLSTEIN ET SUR LE THÉÂTRE ALLEMAND.

La guerre de trente ans est une des époques les plus remarquables de l'histoire moderne. Cette guerre éclata d'abord dans une ville de la Bohême; mais elle s'étendit avec rapidité sur la plus grande partie de l'Europe. Les opinions religieuses qui lui servaient de principe changèrent de forme. La secte de Luther remplaça presque généralement celle de Jean Huss; mais la mémoire du supplice atroce infligé à ce dernier continua d'animer les esprits des novateurs, même après qu'ils se furent écartés de sa doctrine.

La guerre de trente ans eut pour mobile, dans les peuples, le besoin d'acquérir la liberté religieuse; dans les princes, le désir de conserver leur indépendance politique. Après une longue et terrible lutte, ces deux buts furent atteints. La paix de 1648 assura aux protestants l'exercice de leur culte, et aux petits souverains de l'Allemagne la jouissance et l'accroissement de leurs droits. L'influence de la guerre de trente ans a subsisté jusqu'à notre siècle.

Le traité de Westphalie donna à l'empire germanique une constitution trèscompliquée; mais cette constitution, en divisant ce corps immense en une foule de petites souverainetés particulières, valut à la nation allemande, à quelques exceptions près, un siècle et demi de liberté civile et d'administration douce et modérée. De cela seul, que trente millions de sujets se trouvèrent répartis sous un assez grand nombre de princes indépendants les uns des autres, et dont l'autorité, sans bornes en apparence, était limitée de fait par la petitesse de leurs possessions, il résulta pour ces trente millions d'hommes une existence ordinairement paisible, une assez grande sécurité, une liberté d'opinions presque complète, et la possibilité, pour la partie éclairée de cette société, de se livrer à la culture des lettres, au perfectionnement des arts, à la recherche de la vérité.

D'après cette influence de la guerre de trente ans, il n'est pas étonnant qu'elle ait été l'un des objets favoris des travaux des historiens et des poëtes de l'Allemagne. Ils se sont plu à retracer à la génération actuelle, sous mille formes diverses, quelle avait été l'énergie de ses ancêtres: et cette génération, qui recueillait dans le calme le bénéfice de cette énergie qu'elle avait perdue, contemplait avec curiosité, dans l'histoire et sur la scène, les hommes des temps passés, dont la force, la détermination, l'activité, le courage, revêtaient, aux yeux d'une race affaiblie, les annales germaniques de tout le charme du merveilleux.

La guerre de trente ans est encore intéressante sous un autre point de vue.

On a vu sans doute, depuis cette guerre, plusieurs monarques entreprendre des expéditions belliqueuses et s'illustrer par la gloire des armes; mais l'esprit militaire, proprement dit, est devenu toujours plus étranger à l'esprit des peuples. L'esprit militaire ne peut exister que lorsque l'état de la société est propre à le faire naître, c'estàdire lorsqu'il y a un trèsgrand nombre d'hommes que le besoin, l'inquiétude, l'absence de sécurité, l'espoir et la possibilité du succès, l'habitude de l'agitation, ont jetés hors de leur assiette naturelle. Ces hommes alors aiment la guerre pour la guerre, et ils la cherchent en un lieu quand ils ne la trouvent pas dans un autre.

De nos jours, l'état militaire est toujours subordonné à l'autorité politique. Les généraux ne se font obéir par les soldats qu'ils commandent qu'en vertu de la mission qu'ils ont reçue de cette autorité: ils ne sont point chefs d'une troupe à eux, soldée par eux, et prête à les suivre sans qu'ils aient l'aveu d'aucun souverain. Au commencement et jusqu'au milieu du XVIIe siècle, au contraire, on a vu des hommes, sans autre mission que le sentiment de leurs talents et de leur courage, tenir à leur solde des corps de troupes, réunir autour de leurs étendards particuliers des guerriers qu'ils dominaient par le seul ascendant de leur génie personnel, et tantôt se vendre avec leur petite armée aux souverains qui les achetaient, tantôt essayer, le fer en main, de devenir souverains euxmêmes. Tel fut, dans la guerre de trente ans, ce comte de Mansfeld, moins célèbre encore par quelques victoires, que par l'habileté qu'il déploya sans cesse dans les revers. Tels furent, bien qu'issus des maisons souveraines les plus illustres de l'Allemagne, Christian de Brunswick et même Bernard de Weymar. Tel fut enfin Wallstein, duc de Friedland, le héros des tragédies allemandes que je me suis proposé de faire connaître au public.

Ce Wallstein, à la vérité, ne porta jamais les armes que pour la maison d'Autriche; mais l'armée qu'il commandait était à lui, réunie en son nom, payée par ses ordres, et avec les contributions qu'il levait sur l'Allemagne, de sa propre autorité. Il négociait comme un potentat, du sein de son camp, avec les monarques ennemis de l'empereur. Il voulut enfin s'assurer, de droit, l'indépendance dont il jouissait de fait; et s'il échoua dans son entreprise, il ne faut pas attribuer sa chute à l'insuffisance des moyens dont il disposait, mais aux fautes que lui fit commettre un mélange bizarre de superstition et d'incertitude.

L'espèce d'existence des généraux du XVIIe siècle donnait à leur caractère une originalité dont nous ne pouvons plus avoir d'idée.

L'originalité est toujours le résultat de l'indépendance; à mesure que l'autorité se concentre, les individus s'effacent. Toutes les pierres taillées pour la construction d'une pyramide et façonnées pour la place qu'elles doivent remplir prennent un extérieur uniforme. L'individualité disparaît dans l'homme, en raison de ce qu'il cesse d'être un but, et de ce qu'il devient un moyen. Cependant l'individualité peut seule inspirer de l'intérêt, surtout aux nations étrangères; car les Français, comme je le dirai tout à l'heure, se passent d'individualité dans les personnages de leurs tragédies plus facilement que les Allemands et les Anglais. On conçoit donc sans peine que les poëtes de l'Allemagne qui ont voulu transporter sur la scène des époques de leur histoire, aient choisi de préférence celles où les individus existaient le plus par euxmêmes, et se livraient avec le moins de réserve à leur caractère naturel. C'est ainsi que Goëthe, l'auteur de Werther, a peint dans Goetz de Berlichingen[1] la lutte de la chevalerie expirante contre l'autorité de l'empire; et Schiller a de même voulu retracer, dans Wallstein, les derniers efforts de l'esprit militaire, et cette vie indépendante et presque sauvage des camps, à laquelle les progrès de la civilisation ont fait succéder, dans les camps mêmes, l'uniformité, l'obéissance et la discipline.

Schiller a composé trois pièces sur la conspiration et sur la mort de Wallstein. La première est intitulée le Camp de Wallstein; la seconde, les Piccolomini; la troisième, la Mort de Wallstein.

L'idée de composer trois pièces qui se suivent et forment un grand ensemble, est empruntée des Grecs, qui nommaient ce genre une trilogie. Eschyle nous a laissé deux ouvrages pareils, son Prométhée et ses trois tragédies sur la famille d'Agamemnon. Le Prométhée d'Eschyle était, comme on sait, divisé en trois parties, dont chacune formait une pièce à part. Dans la première, on voyait Prométhée, bienfaiteur des hommes, leur apportant le feu du ciel, et leur faisant connaître les éléments de la vie sociale. Dans la seconde, la seule qui soit venue jusqu'à nous, Prométhée est puni par les dieux, jaloux des services qu'il a rendus à l'espèce humaine. La troisième montrait Prométhée délivré par Hercule, et réconcilié avec Jupiter.

Dans les trois tragédies qui se rapportent à la famille des Atrides, la première a pour sujet la mort d'Agamemnon; la seconde, la punition de Clytemnestre; la dernière, l'absolution d'Oreste par l'Aréopage. On voit que, chez les Grecs, chacune des pièces qui composaient leurs trilogies avait son action particulière, qui se terminait dans la pièce même.

Schiller a voulu lier plus étroitement entre elles les trois pièces de son Wallstein. L'action ne commence qu'à la seconde, et ne finit qu'à la troisième. Le Camp est une espèce de prologue sans aucune action. On y voit les moeurs des soldats, sous les tentes qu'ils habitent; les uns chantent, les autres boivent, d'autres reviennent enrichis des dépouilles du paysan. Ils se racontent leurs exploits; ils parlent de leur chef, de la liberté qu'il leur accorde, des récompenses qu'il leur prodigue. Les scènes se suivent sans que rien les enchaîne l'une à l'autre; mais cette incohérence est naturelle; c'est un tableau mouvant, où il n'y a ni passé, ni avenir. Cependant le génie de Wallstein préside à ce désordre apparent. Tous les esprits sont pleins de lui; tous célèbrent ses louanges, s'inquiètent des bruits répandus sur le mécontentement de la cour, se jurent de ne pas abandonner le général qui les protège. L'on aperçoit tous les symptômes d'une insurrection prête à éclater, si le signal en est donné par Wallstein. On démêle en même temps les motifs secrets qui, dans chaque individu, modifient son dévoûment; les craintes, les soupçons, les calculs particuliers, qui viennent croiser l'impulsion universelle. On voit ce peuple armé, en proie à toutes les agitations populaires, entraîné par son enthousiasme, ébranlé par ses défiances, s'efforçant de raisonner, et n'y parvenant pas, faute d'habitude; bravant l'autorité, et mettant pourtant son honneur à obéir à son chef; insultant à la religion, et recueillant avec avidité toutes les traditions superstitieuses: mais toujours fier de sa force, toujours plein de mépris pour toute autre profession que celle des armes, ayant pour vertu le courage, et pour but, le plaisir du jour.

Il serait impossible de transporter sur notre théâtre cette singulière production du génie, de l'exactitude, et je dirai même de l'érudition allemande; car il a fallu de l'érudition pour rassembler en un corps tous les traits qui distinguaient les armées du XVIIe siècle, et qui ne conviennent plus à aucune armée moderne. De nos jours, dans les camps comme dans les cités, tout est fixe, régulier, soumis. La discipline a remplacé l'effervescence; s'il y a des désordres partiels, ce sont des exceptions qu'on tâche de prévenir. Dans la guerre de trente ans, au contraire, ces désordres étaient l'état permanent; et la jouissance d'une liberté grossière et licencieuse, le dédommagement des dangers et des fatigues.

La seconde pièce a pour titre les Piccolomini. Dans cette pièce commence l'action; mais la pièce finit sans que l'action se termine. Le noeud se forme, les caractères se développent, la dernière scène du cinquième acte arrive, et la toile tombe. Ce n'est que dans la troisième pièce, dans la Mort de Wallstein, que le poëte a placé le dénoûment. Les deux premières ne sont donc en réalité qu'une exposition, et cette exposition contient plus de quatre mille vers.

Les trois pièces de Schiller ne semblent pas pouvoir être représentées séparément; elles le sont cependant en Allemagne. Les Allemands tolèrent ainsi tantôt une pièce sans action, le Camp de Wallstein; tantôt une action sans dénoûment, les Piccolomini; tantôt un dénoûment sans exposition, la Mort de Wallstein.

En concevant le projet de faire connaître au public français cet ouvrage de Schiller, j'ai senti qu'il fallait réunir en une seule les trois pièces de l'original. Cette entreprise offrait beaucoup de difficultés; une traduction, ou même une imitation exacte était impossible. Il aurait fallu resserrer en deux mille vers, à peu près, ce que l'auteur allemand a exprimé en neuf mille. Or, l'exemple de tous ceux qui ont voulu traduire en alexandrins des poëtes étrangers, prouve que ce genre de vers nécessite des circonlocutions continuelles. Le plus habile de nos traducteurs en vers, l'abbé Delille, malgré son prodigieux talent, n'a pu néanmoins vaincre tout à fait, sous ce rapport, la nature de notre langue. Il a rendu fréquemment Virgile et Milton par des périphrases trèsélégantes et trèsharmonieuses, mais beaucoup plus longues que l'original. Boileau, en traduisant le commencement de l'Énéide, a mis trois vers pour deux, comme le remarque M. de la Harpe, et pourtant il a supprimé l'une des circonstances les plus essentielles dont l'auteur latin avait voulu frapper l'esprit du lecteur.

J'aurais donc eu à lutter, dans une traduction, contre un premier obstacle, et j'en aurais rencontré un second dans le sujet en luimême. Tout ce qui se rapporte à la guerre de trente ans, dont le théâtre a été en Allemagne, est national pour les Allemands, et, comme tel, est connu de tout le monde. Les noms de Wallstein, de Tilly, de Bernard de Weymar, d'Oxenstiern, de Mansfeld, réveillent dans la mémoire de tous les spectateurs des souvenirs qui n'existent point pour nous. De là résultait pour Schiller la possibilité d'une foule d'allusions rapides que ses compatriotes comprenaient sans peine, mais qu'en France personne n'aurait saisies.

Il y a, en général, parmi nous, une certaine négligence de l'histoire étrangère, qui s'oppose presque entièrement à la composition des tragédies historiques, telles qu'on en voit dans les littératures voisines. Les tragédies mêmes qui ont pour sujet des traits de nos propres annales sont exposées à beaucoup d'obscurité. L'auteur des Templiers a dû ajouter à son ouvrage des notes explicatives, tandis que Schiller, dans sa Jeanne d'Arc, sujet français qu'il présentait à un public allemand, était sûr de rencontrer dans ses auditeurs assez de connaissances pour le dispenser de tout commentaire. Les tragédies qui ont eu le plus de succès en France sont ou purement d'invention, parce qu'alors elles n'exigent que trèspeu de notions préalables, ou tirées soit de la mythologie grecque, soit de l'histoire romaine, parce que l'étude de cette mythologie et de cette histoire fait partie de notre première éducation.

La familiarité du dialogue tragique, dans les vers iambiques ou non rimés des Allemands, eût encore été, pour un traducteur, une difficulté trèsgrande. La langue de la tragédie allemande n'est point astreinte à des règles aussi délicates, aussi dédaigneuses que la nôtre. La pompe inséparable des alexandrins nécessite dans l'expression une certaine noblesse soutenue. Les auteurs allemands peuvent employer, pour le développement des caractères, une quantité de circonstances accessoires qu'il serait impossible de mettre sur notre théâtre sans déroger à la dignité requise; et cependant ces petites circonstances répandent dans le tableau présenté de la sorte beaucoup de vie et de vérité. Dans le Goetz de Berlichingen de Goëthe, ce guerrier, assiégé dans son château par une armée impériale, donne à ses soldats un dernier repas pour les encourager. Vers la fin de ce repas, il demande du vin à sa femme, qui, suivant les usages de ces temps, est à la fois la dame et la ménagère du château. Elle lui répond à demivoix qu'il n'en reste plus qu'une seule cruche qu'elle a réservée pour lui. Aucune tournure poétique ne permettrait de transporter ce détail sur notre théâtre; l'emphase des paroles ne ferait que gâter le naturel de la situation, et ce qui est touchant en allemand ne serait en français que ridicule. Il me semble néanmoins facile de concevoir, malgré nos habitudes contraires, que ce trait, emprunté de la vie commune, est plus propre que la description la plus pathétique à faire ressortir la situation du héros de la pièce, d'un vieux guerrier couvert de gloire, fier de ses droits héréditaires et de son opulence antique, chef naguère de vassaux nombreux, maintenant renfermé dans un dernier asile, et luttant avec quelques amis intrépides et fidèles contre les horreurs de la disette et la vengeance de l'empereur. Dans le Gustave Vasa de Kotzebue, l'on voit Christiern, le tyran de la Suède, tremblant dans son palais, qui est entouré par une multitude irritée. Il se défie de ses propres gardes, de ses créatures les plus dévouées, et force un vieux serviteur qui lui reste encore à goûter le premier les mets qu'il lui apporte. Ce trait, exprimé dans le dialogue le plus simple, et sans aucune pompe tragique, peint, selon moi, mieux que tous les efforts du poëte n'auraient pu le faire, la pusillanimité, la défiance et l'abjection du tyran demivaincu.

Schiller nous montre Jeanne d'Arc dénoncée par son père comme sorcière, au milieu même de la fête destinée au couronnement de Charles VII, qu'elle a replacé sur le trône de France. Elle est forcée de fuir; elle cherche un asile loin du peuple qui la menace et de la cour qui l'abandonne. Après une route longue et pénible, elle arrive dans une cabane; la fatigue l'accable, la soif la dévore; un paysan, touché de compassion, lui présente un peu de lait: au moment où elle le porte à ses lèvres, un enfant, qui l'a regardée pendant quelques instants avec attention, lui arrache la coupe, et s'écrie: C'est la sorcière d'Orléans. Ce tableau, qu'il serait impossible de transporter sur la scène française, fait toujours éprouver aux spectateurs un frémissement universel; ils se sentent frappés à la fois, et de la proscription qui poursuit, jusque dans les lieux les plus reculés, la libératrice d'un grand empire, et de la disposition des esprits, qui rend cette proscription plus inévitable et plus cruelle. De la sorte, les deux choses importantes, l'époque et la situation, se retracent à l'imagination d'un seul mot, par une circonstance purement accidentelle.

Les Allemands font un grand usage de ces moyens. Les rencontres fortuites, l'arrivée de personnages subalternes, et qui ne tiennent point au sujet, leur fournissent un genre d'effets que nous ne connaissons point sur notre théâtre. Dans nos tragédies, tout se passe immédiatement entre les héros et le public; les confidents sont toujours soigneusement sacrifiés. Ils sont là pour écouter, quelquefois pour répondre, et, de temps en temps, pour raconter la mort du héros, qui, dans ce cas, ne peut pas nous en instruire luimême. Mais il n'y a rien de moral dans toute leur existence; toute réflexion, tout jugement, tout dialogue entre eux leur est sévèrement interdit; il serait contraire à la subordination théâtrale qu'ils excitassent le moindre intérêt. Dans les tragédies allemandes, indépendamment des héros et de leurs confidents, qui, comme on vient de le voir, ne sont que des machines dont la nécessité nous fait pardonner l'invraisemblance, il y a, sur un second plan, une seconde espèce d'acteurs, spectateurs euxmêmes, en quelque sorte, de l'action principale, qui n'exerce sur eux qu'une influence trèsindirecte. L'impression que produit sur cette classe de personnages la situation des personnages principaux m'a paru souvent ajouter à celle qu'en reçoivent les spectateurs proprement dits. Leur opinion est, pour ainsi dire, devancée et dirigée par un public intermédiaire, plus voisin de ce qui se passe, et non moins impartial qu'eux.

Tel devait être, à peu près, si je ne me trompe, l'effet des choeurs dans les tragédies grecques. Ces choeurs portaient un jugement sur les sentiments et les actions des rois et des héros, dont ils contemplaient les crimes et les misères. Il s'établissait, par ce jugement, une correspondance morale entre la scène et le parterre, et ce dernier devait trouver quelque jouissance à voir décrites et définies, dans un langage harmonieux, les émotions qu'il éprouvait.

Je n'ai vu qu'une seule fois une pièce dans laquelle on avait tenté d'introduire les choeurs des anciens. C'était la Fiancée de Messine, toujours de Schiller. Je m'y étais rendu avec beaucoup de préjugés contre cette imitation de l'antique. Néanmoins ces maximes générales exprimées par le peuple, et qui prenaient plus de vérité et plus de chaleur, parce qu'elles lui paraissaient suggérées par la conduite de ses chefs et par les malheurs qui rejaillissaient sur luimême; cette opinion publique, personnifiée en quelque sorte, et qui allait chercher au fond de mon coeur mes propres pensées, pour me les présenter avec plus de précision, d'élégance et de force; cette pénétration de poëte, qui devinait ce que je devais sentir, et donnait un corps à ce qui n'était en moi qu'une rêverie vague et indéterminée, me firent éprouver un genre de satisfaction dont je n'avais pas encore eu l'idée.

L'introduction des choeurs dans la tragédie n'a point eu cependant de succès en Allemagne. Il est probable qu'on y a renoncé à cause des embarras de l'exécution. Il faudrait des acteurs trèsexercés pour qu'un certain nombre d'entre eux, parlant et gesticulant tous en même temps, ne produisissent pas une confusion voisine du ridicule[2]. Schiller, d'ailleurs, dans sa tentative, avait dénaturé le choeur des anciens. Il n'avait pas osé le laisser aussi étranger à l'action qu'il l'est dans les meilleures tragédies de l'antiquité, celles de Sophocle: car je ne parle pas ici des choeurs d'Euripide, de ce poëte admirable, sans doute, par son talent dans la sensibilité et dans l'ironie, mais prétentieux, déclamateur, ambitieux d'effets, et qui, par ses défauts et même par ses beautés, ravit le premier à la tragédie grecque la noble simplicité qui la distinguait. Schiller, pour se rapprocher du goût de son siècle, avait cru devoir diviser le choeur en deux moitiés, dont chacune était composée des partisans des deux héros, qui, dans sa pièce, se disputent la main d'une femme. Il avait, par ce ménagement mal entendu, dépouillé le choeur de l'impartialité qui donne à ses paroles du poids et de la solennité.

Le choeur ne doit jamais être que l'organe, le représentant du peuple entier; tout ce qu'il dit doit être une espèce de retentissement sombre et imposant du sentiment général. Rien de ce qui est passionné ne peut lui convenir, et dès que l'on imagine de lui faire jouer un rôle et prendre un parti dans la pièce même, on le dénature, et son effet est manqué.

Mais si les Allemands ont rejeté l'introduction des choeurs dans leurs tragédies, celle d'une quantité de personnages subalternes qui arrivent d'une manière naturelle, bien qu'accidentelle, sur la scène, remplace, à beaucoup d'égards, comme nous l'avons observé précédemment, l'usage des choeurs. Pour nous en convaincre, il ne faut qu'examiner ce qu'a fait Schiller dans son Guillaume Tell, et rechercher ce qu'aurait fait un poëte grec traitant la même situation. Tell, échappé aux poursuites de Gessler, a gravi la cime d'un rocher sauvage qui domine sur une route par laquelle Gessler doit passer. Le paysan suisse attend son ennemi, tenant en main l'arc et les flèches qui, après avoir servi l'amour paternel, doivent maintenant servir la vengeance. Il se retrace, dans un monologue, la tranquillité et l'innocence de sa vie précédente. Il s'étonne luimême de se voir jeté tout à coup par la tyrannie hors de l'existence obscure et paisible que le sort semblait lui avoir destinée. Il recule devant l'action qu'il se trouve forcé de commettre. Ses mains, encore pures, frémissent d'avoir à se rougir même du sang d'un coupable. Il le faut cependant, il le faut pour sauver sa vie, celle de son fils, celle de tous les objets de son affection. Nul doute que, dans une tragédie grecque, le choeur n'eût alors pris la parole, pour réduire en maximes les sentiments qui se pressent en foule dans l'âme du spectateur. Schiller, n'ayant pas cette ressource, y supplée par l'arrivée d'une noce champêtre qui passe, au son des instruments, près des lieux où Tell est caché. Le contraste de la gaîté de cette troupe joyeuse et de la situation de Guillaume Tell suggère à l'instant au spectateur toutes les réflexions que le choeur aurait exprimées. Guillaume Tell est de la même classe que ces hommes qui marchent ainsi dans l'insouciance. Il est pauvre, inconnu, laborieux, innocent comme eux. Comme eux, il paraissait n'avoir rien à craindre d'un pouvoir élevé si fort audessus de lui, et son obscurité pourtant ne lui a pas servi d'asile. Le choeur des Grecs eût développé cette vérité dans un langage sentientieux et poétique. La tragédie allemande la fait ressortir avec non moins de force par l'apparition d'une troupe de personnages étrangers à l'action, et qui n'ont avec elle aucun rapport ultérieur.

D'autres fois, ces personnages secondaires servent à développer d'une manière piquante et profonde les caractères principaux. Werner, connu, même en France, par le succès mérité de sa tragédie de Luther, et qui réunit au plus haut degré deux qualités inconciliables en apparence, l'observation spirituelle et souvent plaisante du coeur humain, et une mélancolie enthousiaste et rêveuse, Werner, dans son Attila, présente à nos regards la cour nombreuse de Valentinien, se livrant aux danses, aux concerts, à tous les plaisirs, tandis que le fléau de Dieu est aux portes de Rome. On voit le jeune empereur et ses favoris n'ayant d'autre soin que de repousser les nouvelles fâcheuses qui pourraient interrompre leurs amusements, prenant la vérité pour un indice de malveillance, la prévoyance pour un acte de sédition, ne considérant comme des sujets fidèles que ceux qui nient les faits dont la connaissance les importunerait, et pensant faire reculer ces faits en n'écoutant pas ceux qui les rapportent. Cette insouciance, mise sous les yeux du spectateur, le frappe beaucoup plus qu'un simple récit n'aurait pu le faire.

Je suis loin de recommander l'introduction de ces moyens dans nos tragédies. L'imitation des tragiques allemands me semblerait trèsdangereuse pour les tragiques français. Plus les écrivains d'une nation ont pour but exclusif de faire effet, plus ils doivent être assujettis à des règles sévères. Sans ces règles, ils multiplieraient, pour arriver à leur but, des tentatives dans lesquelles ils s'écarteraient toujours davantage de la vérité, de la nature et du goût.

C'est en France qu'a été inventée cette maxime, qu'il valait mieux frapper fort que juste. Contre un pareil principe, il faut des règles fixes, qui empêchent les écrivains de frapper tellement fort qu'ils ne frappent plus juste du tout. Toutes les fois que les tragiques français ont voulu transporter sur notre théâtre des moyens empruntés des théâtres étrangers, ils ont été plus prodigues de ces moyens, plus bizarres, plus exagérés dans leur usage, que les étrangers qu'ils imitaient. Je pense donc que c'est sagement et avec raison que nous avons refusé à nos écrivains dramatiques la liberté que les Allemands et les Anglais accordent aux leurs, celle de produire des effets variés par la musique, les rencontres fortuites, la multiplicité des acteurs, le changement des lieux, et même les spectres, les prodiges et les échafauds. Comme il est beaucoup plus facile de faire effet par de telles ressources que par les situations, les sentiments et les caractères, il serait à craindre, si ces ressources étaient admises, que nous ne vissions bientôt plus sur notre théâtre que des échafauds, des combats, des fêtes, des spectres et des changements de décoration.

Il y a dans le caractère des Allemands une fidélité, une candeur, un scrupule, qui retiennent toujours l'imagination dans de certaines bornes. Leurs écrivains ont une conscience littéraire qui leur donne presque autant le besoin de l'exactitude historique et de la vraisemblance morale que celui des applaudissements du public. Ils ont dans le coeur une sensibilité naturelle et profonde qui se plaît à la peinture des sentiments vrais. Ils y trouvent une telle jouissance, qu'ils s'occupent beaucoup plus de ce qu'ils éprouvent que de l'effet qu'ils produisent. En conséquence, tous leurs moyens extérieurs, quelque multipliés qu'ils paraissent, ne sont que des accessoires. Mais en France, où l'on ne perd jamais le public de vue, en France, où l'on ne parle, n'écrit et n'agit que pour les autres, les accessoires pourraient bien devenir le principal. En interdisant à nos poëtes des moyens de succès trop faciles, on les force à tirer un meilleur parti des ressources qui leur restent et qui sont bien supérieures, le développement des caractères, la lutte des passions, la connaissance, en un mot, du coeur humain. J'ai cru devoir observer les règles de notre théâtre, même dans un ouvrage destiné à faire connaître le théâtre allemand, et j'ai supprimé beaucoup de petits incidents de la nature de ceux dont j'ai parlé cidessus.

J'ai retranché, par exemple, une assez longue scène entre les généraux, après un festin durant lequel Tersky leur a fait signer l'engagement de rester fidèles à Wallstein, contre la volonté même de la cour. Cette scène, dans laquelle Tersky, pour les amener à son but, leur rappelle tous les bienfaits qu'ils ont reçus de leur chef, bienfaits dont l'énumération seule forme un tableau piquant de l'état de cette armée, de son indiscipline, de son exigence et de l'esprit d'égalité qui se combinait alors avec l'esprit militaire; cette scène, disje, est d'une originalité remarquable, et d'une grande vérité locale; mais elle ne pouvait être rendue qu'avec des expressions que notre style tragique repousse. Elle introduisait d'ailleurs une foule d'acteurs qui ne contribuaient point à la marche de l'action, et ne reparaissaient plus dans le cours de la pièce.

J'ai renoncé de même, mais avec plus de regret, à traduire ou à imiter une autre scène, dans laquelle Wallstein, commençant à se déshabiller sur le théâtre pour aller prendre du repos, voit se casser tout à coup la chaîne à laquelle est suspendu l'ordre de la Toisond'Or. Cette chaîne était le premier présent que Wallstein eût reçu de l'empereur, alors archiduc, dans la guerre du Frioul, lorsque tous deux, à l'entrée de la vie, étaient unis par une affection que rien ne semblait devoir troubler. Wallstein tient en main les fragments de cette chaîne brisée. Il se retrace toute l'histoire de sa jeunesse; des souvenirs mêlés de remords l'assiégent; il éprouve une crainte vague; son bonheur lui avait paru longtemps attaché à la conservation de ce premier don d'une amitié maintenant abjurée. Il en contemple tristement les débris. Il les rejette enfin loin de lui avec effort. «Je marche, s'écrietil, dans une carrière opposée. La force de ce talisman n'existe plus.»

Le spectateur, qui sait que le poignard est suspendu sur la tête du héros, reçoit une impression trèsprofonde de ce présage que Wallstein méconnaît, et des paroles qui lui échappent, sans qu'il les comprenne. Ce genre d'effet tient à la disposition du coeur de l'homme, qui, dans toutes ses émotions de frayeur, d'attendrissement ou de pitié, est toujours ramené à ce que nous appelons la superstition, par une force mystérieuse dont il ne peut s'affranchir. Beaucoup de gens n'y voient qu'une faiblesse puérile. Je suis tenté, je l'avoue, d'avoir du respect pour tout ce qui prend sa source dans la nature.

Une suppression plus importante à laquelle je me suis condamné, c'est celle de plusieurs scènes dans lesquelles Schiller faisait paraître de simples soldats, les uns au milieu de la révolte, et que Wallstein s'efforçait de ramener à son parti, les autres, qu'un général gagné par la cour engageait à assassiner Wallstein.

Les scènes des assassins de Banco, dans Macbeth, sont frappantes par leur laconisme et leur énergie; celles des assassins de Wallstein ont un autre genre de mérite. La manière dont Schiller développe les motifs qu'on leur présente, et gradue l'effet que produisent sur eux ces motifs; la lutte qui a lieu dans ces âmes farouches entre l'attachement et l'avidité; l'adresse avec laquelle celui qui veut les séduire proportionne ses arguments à leur intelligence grossière, et leur fait du crime un devoir, et de la reconnaissance un crime; leur empressement à saisir tout ce qui peut les excuser à leurs propres yeux, lorsqu'ils se sont déterminés à verser le sang de leur général; le besoin qu'on aperçoit, même dans ces coeurs corrompus, de se faire illusion à euxmêmes, et de tromper leur propre conscience en couvrant d'une apparence de justice l'attentat qu'ils vont exécuter; enfin le raisonnement qui les décide, et qui décide, dans tant de situations différentes, tant d'hommes qui se croient honnêtes, à commettre des actions que leur sentiment intérieur condamne, parce qu'à leur défaut d'autres s'en rendraient les instruments, tout cela est d'un grand effet, tant moral que dramatique. Mais le langage de ces assassins est vulgaire, comme leur état et leurs sentiments. Leur prêter des expressions relevées, c'eût été manquer à la vérité des caractères, et dans ce cas la noblesse du dialogue serait devenue une inconvenance.

J'avais essayé de mettre en récit ce que Schiller a mis en action. Je m'étais appliqué surtout à faire ressortir l'idée principale, la considération décisive, qui impose silence à toutes les objections, et l'emporte sur tous les scrupules. Buttler, après avoir raconté ses efforts pour convaincre ses complices, finissait par ces vers:

> Lorsque je leur ai dit que, s'offrant à leur place,
> D'autres briguaient déjà mon choix comme une grâce,
> Que le prix était prêt, que d'autres, cette nuit,
> De leur fidélité recueilleraient le fruit,
> Chacun a regardé son plus proche complice;
> Leurs yeux brillaient d'espoir, d'envie et d'avarice;
> D'une sombre rougeur leurs fronts se sont couverts;
> Ils répétaient tout bas: d'autres se sont offerts.

Mais j'ai senti bientôt que je tomberais dans une invraisemblance qu'aucun détail ne rendrait excusable. Buttler, cherchant à faire partager à Isolan son projet d'assassinat, ne pouvait, sans absurdité, s'étendre avec complaisance sur la bassesse et l'avidité de ceux qu'il avait choisis pour remplir ses vues.

L'obligation de mettre en récit ce que, sur d'autres théâtres, on pourrait mettre en action, est un écueil dangereux pour les tragiques français. Ces récits ne sont presque jamais placés naturellement. Celui qui raconte n'est point appelé par sa situation ou son intérêt à raconter de la sorte. Le poëte, d'ailleurs, se trouve entraîné invinciblement à rechercher des détails d'autant moins dramatiques qu'ils sont plus pompeux. On a relevé mille fois l'inconvenance du superbe récit de Théramène dans Phèdre. Racine ne pouvant, comme Euripide, présenter aux spectateurs Hippolyte déchiré, couvert de sang, brisé par sa chute, et dans les convulsions de la douleur et de l'agonie, a été forcé de faire raconter sa mort; et cette nécessité l'a conduit à blesser, dans le récit de cet événement terrible, et la vraisemblance et la nature, par une profusion de détails poétiques, sur lesquels un ami ne peut s'étendre, et qu'un père ne peut écouter.

Les retranchements dont je viens de parler, une foule d'autres dont l'indication serait trop longue, plusieurs additions qui m'ont semblé nécessaires, font que l'ouvrage que je présente au public n'est nullement une traduction. Il n'y a pas, dans les trois tragédies de Schiller, une seule scène que j'aie conservée en entier. Il y en a quelquesunes dans ma pièce dont l'idée même n'est pas dans Schiller. Il y a quarantehuit acteurs dans l'original allemand, il n'y en a que douze dans mon ouvrage. L'unité de temps et de lieu, que j'ai voulu observer, quoique Schiller s'en fût écarté, suivant l'usage de son pays, m'a forcé à toutbouleverser et à tout refondre.

Je ne veux point entrer ici dans un examen approfondi de la règle des unités. Elles ont certainement quelquesuns des inconvénients que les nations étrangères leur reprochent. Elles circonscrivent les tragédies, surtout historiques, dans un espace qui en rend la composition trèsdifficile. Elles forcent le poëte à négliger souvent, dans les événements et les caractères, la vérité de la gradation, la délicatesse des nuances: ce défaut domine dans presque toutes les tragédies de Voltaire; car l'admirable génie de Racine a été vainqueur de cette difficulté comme de tant d'autres. Mais à la représentation des pièces de Voltaire, on aperçoit fréquemment des lacunes, des transitions trop brusques. On sent que ce n'est pas ainsi qu'agit la nature. Elle ne marche point d'un pas si rapide; elle ne saute pas de la sorte les intermédiaires.

Cependant, malgré les gênes qu'elles imposent et les fautes qu'elles peuvent occasionner, les unités me semblent une loi sage. Les changements de lieu, quelque adroitement qu'ils soient effectués, forcent le spectateur à se rendre compte de la transposition de la scène, et détournent ainsi une partie de son attention de l'intérêt principal: après chaque décoration nouvelle, il est obligé de se remettre dans l'illusion dont on l'a fait sortir. La même chose lui arrive lorsqu'on l'avertit du temps qui s'est écoulé d'un acte à l'autre. Dans les deux cas, le poëte reparait, pour ainsi dire, en avant des personnages, et il y a une espèce de prologue ou de préface sousentendue, qui nuit à la continuité de l'impression.

En me conformant aux règles de notre théâtre pour les unités, pour le style tragique, pour la dignité de la tragédie, j'ai voulu rester fidèle au système allemand sur un article plus essentiel.

Les Français, même dans celles de leurs tragédies qui sont fondées sur la tradition ou sur l'histoire, ne peignent qu'un fait ou une passion. Les Allemands, dans les leurs, peignent une vie entière et un caractère entier.

Quand je dis qu'ils peignent une vie entière, je ne veux pas dire qu'ils embrassent dans leurs pièces toute la vie de leurs héros; mais ils n'en omettent aucun événement important, et la réunion de ce qui se passe sur la scène et de ce que le spectateur apprend par des récits ou par des allusions, forme un tableau complet, d'une scrupuleuse exactitude.

Il en est de même du caractère. Les Allemands n'écartent de celui de leurs personnages rien de ce qui constituait leur individualité. Ils nous les présentent avec leurs faiblesses, leurs inconséquences, et cette mobilité ondoyante qui appartient à la nature humaine et qui forme les êtres réels.

Les Français ont un besoin d'unité qui leur fait suivre une autre route. Ils repoussent des caractères tout ce qui ne sert pas à faire ressortir la passion qu'ils veulent peindre: ils suppriment de la vie antérieure de leurs héros tout ce qui ne s'enchaîne pas nécessairement au fait qu'ils ont choisi.

Qu'estce que Racine nous apprend sur Phèdre? Son amour pour Hippolyte, mais nullement son caractère personnel, indépendamment de cet amour. Qu'estce que le même poëte nous fait connaître d'Oreste? Son amour pour Hermione. Les fureurs de ce prince ne viennent que des cruautés de sa maîtresse. On le voit à chaque instant prêt à s'adoucir, pour peu qu'Hermione lui donne quelque espérance. Ce meurtrier de sa mère paraît même avoir tout à fait oublié le forfait qu'il a commis. Il n'est occupé que de sa passion: il parle, après son parricide, de son innocence qui lui pèse; et si, lorsqu'il a tué Pyrrhus, il est poursuivi par les furies, c'est que Racine a trouvé, dans la tradition mythologique, l'occasion d'une scène superbe, mais qui ne tient point à son sujet, tel qu'il l'a traité.

Ceci n'est point une critique. Andromaque est l'une des pièces les plus parfaites qui existent chez aucun peuple; et Racine, ayant adopté le système français, a dû écarter, autant qu'il le pouvait, de l'esprit du spectateur, le souvenir du meurtre de Clytemnestre.

Ce souvenir était inconciliable avec un amour pareil à celui d'Oreste pour Hermione. Un fils couvert du sang de sa mère, et ne songeant qu'à sa maîtresse, aurait produit un effet révoltant; Racine l'a senti, et, pour éviter plus sûrement cet écueil, il a supposé qu'Oreste n'était allé en Tauride qu'afin de se délivrer par la mort de sa passion malheureuse.

L'isolement dans lequel le système français présente le fait qui forme le sujet, et la passion qui est le mobile de chaque tragédie, a d'incontestables avantages.

En dégageant le fait que l'on a choisi de tous les faits antérieurs, on porte plus directement l'intérêt sur un objet unique. Le héros est plus dans la main du poëte qui s'est affranchi du passé; mais il y a peutêtre aussi une couleur un peu moins réelle, parce que l'art ne peut jamais suppléer entièrement à la vérité, et que le spectateur, lors même qu'il ignore la liberté que l'auteur a prise, est averti, par je ne sais quel instinct, que ce n'est pas un personnage historique, mais un héros factice, une créature d'invention qu'on lui présente.

En ne peignant qu'une passion, au lieu d'embrasser tout un caractère individuel, on obtient des effets plus constamment tragiques, parce que les caractères individuels, toujours mélangés, nuisent à l'unité de l'impression. Mais la vérité y perd peutêtre encore. On se demande ce que seraient les héros qu'on voit, s'ils n'étaient dominés par la passion qui les agite, et l'on trouve qu'il ne resterait dans leur existence que peu de réalité. D'ailleurs, il y a bien moins de variété dans les passions propres à la tragédie que dans les caractères individuels tels que les crée la nature. Les caractères sont innombrables. Les passions théâtrales sont en petit nombre.

Sans doute l'admirable génie de Racine, qui triomphe de toutes les entraves, met de la diversité dans cette uniformité même. La jalousie de Phèdre n'est pas celle d'Hermione, et l'amour d'Hermione n'est pas celui de Roxane. Cependant la diversité me semble plutôt encore dans la passion que dans le caractère de l'individu.

Il y a bien peu de différence entre les caractères d'Aménaïde et d'Alzire. Celui de Polyphonte convient à presque tous les tyrans mis sur notre théâtre; tandis que celui de Richard III, dans Shakespeare, ne convient qu'à Richard III. Polyphonte n'a que des traits généraux, exprimés avec art, mais qui n'en font point un être distinct, un être individuel. Il a de l'ambition, et, pour son ambition, de la cruauté et de l'hypocrisie. Richard III réunit à ces vices, qui sont de nécessité dans son rôle, beaucoup de choses qui ne peuvent appartenir qu'à lui seul. Son mécontentement contre la nature, qui, en lui donnant une figure hideuse et difforme, semble l'avoir condamné à ne jamais inspirer d'amour; ses efforts pour vaincre un obstacle qui l'irrite, sa coquetterie avec les femmes, son étonnement de ses succès auprès d'elles, le mépris qu'il conçoit pour des êtres si faciles à séduire, l'ironie avec laquelle il manifeste ce mépris, tout le rend un être particulier. Polyphonte est un genre; Richard III un individu.

Pour faire de Wallstein un personnage tragique à la manière française, il aurait suffi de fondre ensemble de l'ambition et des remords. Mais je me suis proposé, à l'exemple de Schiller, de peindre Wallstein à peu près tel qu'il était, ambitieux à la vérité, mais en même temps superstitieux, inquiet, incertain, jaloux des succès des étrangers dans sa patrie, lors même que leurs succès favorisaient ses propres entreprises, et marchant souvent contre son but, en se laissant entraîner par son caractère.

Je n'ai pas même voulu supprimer son penchant pour l'astrologie, bien que les lumières de notre siècle puissent faire regarder comme hasardée la tentative de revêtir d'une teinte tragique cette superstition. Nous n'envisageons guère en France la superstition que de son côté ridicule. Elle a cependant ses racines dans le coeur de l'homme, et la philosophie ellemême, lorsqu'elle s'obstine à n'en pas tenir compte, est superficielle et présomptueuse. La nature n'a point fait de l'homme un être isolé, destiné seulement à cultiver la terre et à la peupler, et n'ayant, avec tout ce qui n'est pas de son espèce, que les rapports arides et fixes que l'utilité l'invite à établir entre eux et lui. Une grande correspondance existe entre tous les êtres moraux et physiques. Il n'y a personne, je le pense, qui, laissant errer ses regards sur un horizon sans bornes, ou se promenant sur les rives de la mer que viennent battre les vagues, ou levant les yeux vers le firmament parsemé d'étoiles, n'ait éprouvé une sorte d'émotion qu'il lui était impossible d'analyser ou de définir. On dirait que des voix descendent du haut des cieux, s'élancent de la cime des rochers, retentissent dans les torrents ou dans les forêts agitées, sortent des profondeurs des abîmes. Il semble y avoir je ne sais quoi de prophétique dans le vol pesant du corbeau, dans les cris funèbres des oiseaux de la nuit, dans les rugissements éloignés des bêtes sauvages. Tout ce qui n'est pas civilisé, tout ce qui n'est pas soumis à la domination artificielle de l'homme, répond à son coeur. Il n'y a que les choses qu'il a façonnées pour son usage qui soient muettes, parce qu'elles sont mortes. Mais ces choses mêmes, lorsque le temps anéantit leur utilité, reprennent une vie mystique. La destruction les remet, en passant sur elles, en rapport avec la nature. Les édifices modernes se taisent, mais les ruines parlent. Tout l'univers s'adresse à l'homme dans un langage ineffable qui se fait entendre dans l'intérieur de son âme, dans une partie de son être inconnue à luimême, et qui tient à la fois des sens et de la pensée. Quoi de plus simple que d'imaginer que cet effort de la nature pour pénétrer en nous n'est pas sans une mystérieuse signification? Pourquoi cet ébranlement intime, qui paraît nous révéler ce que nous cache la vie commune, seraitil à la fois sans cause et sans but? La raison, sans doute, ne peut l'expliquer. Lorsqu'elle l'analyse, il disparaît; mais il est, par là même, essentiellement du domaine de la poésie. Consacré par elle, il trouve dans tous les coeurs des cordes qui lui répondent. Le sort annoncé par les astres, les pressentiments, les songes, les présages, ces ombres de l'avenir qui planent autour de nous, souvent non moins funèbres que les ombres du passé, sont de tous les pays, de tous les temps, de toutes les croyances. Quel est celui qui, lorsqu'un grand intérêt l'anime, ne prête pas en tremblant l'oreille à ce qu'il croit la voix de la destinée? Chacun, dans le sanctuaire de sa pensée, s'explique cette voix comme il le peut; chacun s'en tait avec les autres, parce qu'il n'y a point de paroles pour mettre en commun ce qui jamais n'est qu'individuel.

J'ai donc cru devoir conserver dans le caractère de Wallstein une superstition qu'il avait en commun avec presque tous les hommes remarquables de son siècle.

J'aurais voulu pouvoir rendre avec la même fidélité le caractère de Thécla, tel qu'il est tracé dans la pièce allemande. Ce caractère excite en Allemagne un enthousiasme universel; et il est difficile de lire l'ouvrage de Schiller, dans sa langue originale, sans partager cet enthousiasme. Mais en France je ne crois pas que ce caractère eût obtenu l'approbation du public. L'admiration dont il est l'objet chez les Allemands tient à leur manière de considérer l'amour, et cette manière est trèsdifférente de la nôtre. Nous n'envisageons l'amour que comme une passion de la même nature que toutes les passions humaines, c'estàdire ayant pour effet d'égarer notre raison, ayant pour but de nous procurer des jouissances. Les Allemands voient dans l'amour quelque chose de religieux, de sacré, une émanation de la divinité même, un accomplissement de la destinée de l'homme sur cette terre, un lien mystérieux et toutpuissant entre deux âmes qui ne peuvent exister que l'une pour l'autre. Sous le premier point de vue, l'amour est commun à l'homme et aux animaux; sous le second, il est commun à l'homme et à Dieu.

Il en résulte que beaucoup de choses qui nous paraissent des inconvenances, parce que nous n'y apercevons que les suites d'une passion, semblent aux Allemands légitimes et même respectables, parce qu'ils croient y reconnaître l'action d'un sentiment céleste.

Il y a de la vérité dans ces deux manières de voir; mais suivant qu'on adopte l'une ou l'autre, l'amour doit occuper, dans la poésie comme dans la morale, une place différente.

Lorsque l'amour n'est qu'une passion, comme sur la scène française, il ne peut intéresser que par sa violence et son délire. Les transports des sens, les fureurs de la jalousie, la lutte des désirs contre les remords, voilà l'amour tragique en France. Mais lorsque l'amour, au contraire, est, comme dans la poésie allemande, un rayon de la lumière divine qui vient échauffer et purifier le coeur, il a tout à la fois quelque chose de plus calme et de plus fort: dès qu'il paraît, on sent qu'il domine tout ce qui l'entoure. Il peut avoir à combattre les circonstances, mais non les devoirs, car il est luimême le premier des devoirs, et il garantit l'accomplissement de tous les autres. Il ne peut conduire à des actions coupables, il ne peut descendre au crime, ni même à la ruse, car il démentirait sa nature, et cesserait d'être lui. Il ne peut céder aux obstacles; il ne peut s'éteindre, car son essence est immortelle. Il ne peut que retourner dans le sein de son créateur.

C'est ainsi que l'amour de Thécla est représenté dans la pièce de Schiller. Thécla n'est point une jeune fille ordinaire, partagée entre l'inclination qu'elle ressent pour un jeune homme et sa soumission envers son père; déguisant ou contenant le sentiment qui la domine, jusqu'à ce qu'elle ait obtenu le consentement de celui qui a le droit de disposer de sa main; effrayée des obstacles qui menacent son bonheur; enfin, éprouvant ellemême et donnant au spectateur une impression d'incertitude sur le résultat de son amour, et sur le parti qu'elle prendra si elle est trompée dans ses espérances. Thécla est un être que son amour a élevé audessus de la nature commune, un être dont il est devenu toute l'existence, dont il a fixé toute la destinée. Elle est calme, parce que sa résolution ne peut être ébranlée; elle est confiante, parce qu'elle ne peut s'être trompée sur le coeur de son amant; elle a quelque chose de solennel, parce que l'on sent qu'il y a en elle quelque chose d'irrévocable; elle est franche, parce que son amour n'est pas une partie de sa vie, mais sa vie entière. Thécla, dans la pièce de Schiller, est sur un plan tout différent de celui où est placé le reste des personnages. C'est un être pour ainsi dire aérien, qui plane sur cette foule d'ambitieux, de traîtres, de guerriers farouches, que des intérêts ardents et positifs poussent les uns contre les autres. On sent que cette créature lumineuse et presque surnaturelle est descendue de la sphère éthérée, et doit bientôt remonter vers sa patrie. Sa voix si douce, à travers le bruit des armes; sa forme délicate, au milieu de ces hommes tout couverts de fer; la pureté de son âme, opposée à leurs calculs avides; son calme céleste qui contraste avec leurs agitations, remplissent le spectateur d'une émotion constante et mélancolique, telle que ne la fait ressentir nulle tragédie ordinaire.

Aucun des personnages de femmes que nous voyons sur la scène française n'en peut donner l'idée. Nos héroïnes passionnées, Alzire, Aménaïde, Adélaïde du Guesclin, ont quelque chose de mâle; on sent qu'elles sont de force à combattre contre les événements, contre les hommes, contre le malheur. On n'aperçoit aucune disproportion entre leur destinée et la vigueur dont elles sont douées. Nos héroïnes tendres, Monime, Bérénice, Esther, Atalide, sont pleines de douceur et de grâce, mais ce sont des femmes faibles et timides; les événements peuvent les dompter. Le sacrifice de leurs sentiments n'est point présenté comme impossible. Bérénice se résigne à vivre sans Titus; Monime à épouser Mithridate; Atalide à voir Bazajet s'unir à Roxane; Esther n'aime point Assuérus. Les héroïnes de Voltaire luttent contre les obstacles; celles de Racine leur cèdent, parce que les unes et les autres sont de la même nature que tout ce qui les entoure. Thécla ne peut lutter ni céder: elle aime et elle attend. Son sort est fixé: elle ne peut en avoir un autre; mais elle ne peut pas non plus le conquérir, en le disputant contre les hommes. Elle n'a point d'armes contre eux; sa force est tout intérieure. Parlà même, son sentiment l'affranchit de toutes les convenances que prescrit la morale que nous sommes habitués à voir sur la scène.

Thécla n'observe aucun des déguisements imposés à nos héroïnes; elle ne couvre d'aucun voile son amour profond, exclusif et pur; elle en parle sans réserve à son amant. «Où serait, lui ditelle, la vérité sur la terre, si tu ne l'apprenais par ma bouche?» Elle n'annonce point qu'elle fasse dépendre ses espérances de l'aveu de son père. On prévoit même que s'il la refuse elle ne se croira pas coupable de lui résister: son amour l'occupe et l'absorbe tout entière; elle n'existe que pour le sentiment qui remplit toute son âme. Elle est si loin de considérer comme une faute sa fuite de la maison paternelle, lorsqu'elle apprend que celui qu'elle aime a été tué, qu'elle croit au contraire accomplir un devoir. Les spectateurs français n'auraient pu tolérer dans une jeune fille cette exaltation, cette indépendance, d'autant plus étrangère à nos idées, qu'il ne s'y mêle aucun égarement, aucun délire. Nous aurions été choqués de cet oubli de toutes les relations, de cette manière d'envisager les devoirs positifs comme secondaires; enfin, d'une absence si complète de la soumission que nous admirons avec justice dans Iphigénie. Nous en aurions été choqués, disje, et nous aurions eu raison: un tel enthousiasme est une chose qu'il est impossible d'approuver en principe. Nous pouvons, par le talent du poëte, être entraînés à sympathiser avec l'individu particulier qui l'éprouve; mais il ne peut jamais servir de base à un système général, et nous n'aimons en France que ce qui peut être d'une application universelle. Le principe de l'utilité domine dans notre littérature comme dans notre vie. La morale du théâtre en France est beaucoup plus rigoureuse que celle du théâtre en Allemagne. Cela tient à ce que les Allemands prennent le sentiment pour base de la morale, tandis que pour nous cette base est la raison. Un sentiment sincère, complet, sans bornes, leur paraît nonseulement excuser ce qu'il inspire, mais l'ennoblir, et, si j'ose employer cette expression, le sanctifier. Cette manière de voir se fait remarquer dans leurs institutions et dans leurs moeurs, comme dans leurs productions littéraires. Nous avons des principes infiniment plus sévères, et nous ne nous en écartons jamais en théorie. Le sentiment qui méconnaît un devoir ne nous paraît qu'une faute de plus; nous pardonnerions plus facilement à l'intérêt, parce que l'intérêt met toujours dans ses transgressions plus d'habileté et plus de décence. Le sentiment brave l'opinion, et elle s'en irrite: l'intérêt cherche à la tromper en la ménageant, et, lors même qu'elle découvre la tromperie, elle sait gré à l'intérêt de cette espèce d'hommage.

J'ai donc rapproché Thécla des proportions françaises, en m'efforçant de lui conserver quelque chose du coloris allemand. Je crois avoir transporté dans son caractère sa douceur, sa sensibilité, son amour, sa mélancolie; mais tout le reste m'a paru trop directement opposé à nos habitudes, trop empreint de ce que le trèspetit nombre de littérateurs français qui possèdent la langue allemande appellent le mysticisme allemand. La seule règle que je me sois imposée a été de ne rien faire entrer dans le rôle de Thécla qui ne fût d'accord avec l'intention poétique de l'auteur original. C'est pour cette raison que je lui ai donné une teinte religieuse, et que j'ai voulu qu'elle cherchât un asile aux pieds de son Dieu, au lieu de se tuer sur le corps de son amant ou de son père, ce qui ne m'aurait pas coûté un grand effort d'invention; mais la violence du suicide m'aurait semblé déranger l'harmonie qui doit être dans son caractère.

En empruntant de la scène allemande un de ses ouvrages les plus célèbres, pour l'adapter aux formes reçues dans notre littérature, je crois avoir donné un exemple utile. Le dédain pour les nations voisines, et surtout pour une nation dont on ignore la langue, et qui, plus qu'aucune autre, a dans ses productions poétiques de l'originalité et de la profondeur, me paraît un mauvais calcul. La tragédie française est, selon moi, plus parfaite que celle des autres peuples; mais il y a toujours quelque chose d'étroit dans l'obstination qui refuse à comprendre l'esprit des nations étrangères. Sentir les beautés partout où elles se trouvent n'est pas une délicatesse de moins, mais une faculté de plus.

DE L'ESPRIT DE CONQUÊTE ET DE L'USURPATION, DANS LEURS RAPPORTS AVEC LA CIVILISATION EUROPÉENNE.

PRÉFACE DE LA PREMIÉRE ÉDITION.

L'ouvrage actuel fait partie d'un Traité de politique terminé depuis longtemps; l'état de la France et celui de l'Europe semblaient le condamner à ne jamais paraître. Le continent n'était qu'un vaste cachot, privé de toute communication avec cette noble Angleterre, asile généreux de la pensée, illustre refuge de la dignité de l'espèce humaine. Tout à coup, des deux extrémités de la terre, deux grands peuples se sont répondu, et les flammes de Moscou ont été l'aurore de la liberté du monde. Il est permis d'espérer que la France ne sera pas exceptée de la délivrance universelle; la France, qu'estiment les nations qui la combattent; la France, dont la volonté suffit pour obtenir et donner la paix. Le moment est donc revenu où chacun peut se flatter d'être utile, suivant ses lumières et ses forces.

L'auteur de cet ouvrage a pensé qu'ayant été jadis l'un des mandataires d'un peuple qu'on a réduit au silence, et n'ayant cessé de l'être qu'illégalement, sa voix, de quelque peu d'importance qu'elle fût d'ailleurs, aurait l'avantage de rompre cette unanimité prétendue qui fait l'étonnement et le blâme de l'Europe, et qui n'est que l'effet de la terreur des Français. Il ose affirmer, avec une conviction profonde, qu'il n'y a pas dans ce livre une ligne que la presque totalité de la France, si elle était libre, ne s'empressât de signer.

Il a, du reste, retranché toutes les discussions de pure théorie, pour extraire seulement ce qui lui a paru d'un intérêt immédiat. Il aurait pu accroître cet intérêt par des personnalités plus directes; mais il a voulu conserver avec scrupule ce qu'un profond sentiment lui avait dicté, quand la terre était sous le joug. Il a éprouvé de la répugnance à se montrer plus amer ou plus hardi contre l'adversité méritée que contre la prospérité coupable. Si les calamités publiques laissaient à son âme la faculté de s'ouvrir à des considérations personnelles, il lui serait doux de penser que lorsqu'on a voulu travailler sans contradicteurs à l'asservissement général, on a trouvé nécessaire d'étouffer sa voix.

Hanovre, ce 21 décembre 1813.

PRÉFACE DE LA TROISIÈME ÉDITION

Cet ouvrage a été écrit en Allemagne au mois de novembre 1813, et publié au mois de janvier; il a été réimprimé en Angleterre au commencement de mars. L'édition actuelle n'a subi que peu de changements: non que je n'aie senti qu'il y avait beaucoup à perfectionner; mais un ouvrage de circonstance doit, le plus qu'il est possible, demeurer tel qu'il a paru dans la circonstance.

Il n'y aura d'ailleurs, je le crois, aucun lecteur qui ne sente que, si j'avais composé cet ouvrage en France, ou dans le moment actuel, je me serais exprimé différemment sur plus d'un objet. À l'horreur que m'inspirait le gouvernement de Buonaparte, se joignait, j'en conviens, une certaine impatience contre la nation qui portait son joug. Je savais mieux qu'un autre combien ce joug était odieux à cette nation; je souffrais de lui voir profaner le courage, et verser son sang pour se maintenir dans la servitude; je souffrais plus encore de ce que les hommages qu'elle prodiguait à son tyran paraissaient aux étrangers une preuve qu'elle méritait son sort; je m'irritais de ce qu'elle agissait de la sorte, en opposition nonseulement avec son intérêt, mais avec sa nature et avec cette délicatesse et ce sentiment exquis d'honneur et de convenance qui la distinguent si éminemment; je trouvais qu'elle se calomniait ellemême, et il était inutile de la justifier. Quand nous l'essayions, tristes réfugiés sur la terre étrangère, un article du Moniteur venait foudroyer nos impuissantes explications: il faut avoir éprouvé cette souffrance pour la concevoir, et alors on pardonnera facilement quelques expressions d'amertume échappées à une douleur qui était d'autant plus vive qu'on était plus jaloux de l'honneur du nom français.

Paris, ce 22 avril 1814.

DE L'ESPRIT DE CONQUÊTE ET DE L'USURPATION, DANS LEURS RAPPORTS AVEC LA CIVILISATION EUROPÉENNE.

Je me propose d'examiner deux fléaux dans leurs rapports avec l'état présent de l'espèce humaine et la civilisation actuelle: l'un est l'esprit de conquête; l'autre l'usurpation.

Il y a des choses qui sont possibles à telle époque, et qui ne le sont plus à telle autre. Cette vérité semble triviale: elle est néanmoins souvent méconnue; elle ne l'est jamais sans danger.

Lorsque les hommes qui disposent des destinées de la terre se trompent sur ce qui est possible, c'est un grand mal. L'expérience, alors, loin de les servir, leur nuit et les égare. Ils lisent l'histoire, ils voient ce que l'on a fait précédemment, ils n'examinent point si cela peut se faire encore; ils prennent en main des leviers brisés; leur obstination, ou, si l'on veut, leur génie, procure à leurs efforts un succès éphémère; mais comme ils sont en lutte avec les dispositions, les intérêts, toute l'existence morale de leurs contemporains, ces forces de résistance réagissent contre eux; et au bout d'un certain temps, bien long pour leurs victimes, trèscourt quand on le considère historiquement, il ne reste de leurs entreprises que les crimes qu'ils ont commis et les souffrances qu'ils ont causées.

La durée de toute puissance dépend de la proportion qui existe entre son esprit et son époque. Chaque siècle attend, en quelque sorte, un homme qui lui serve de représentant. Quand ce représentant se montre ou paraît se montrer, toutes les forces du moment se groupent autour de lui; s'il représente fidèlement l'esprit général, le succès est infaillible; s'il dévie, le succès devient douteux; et s'il persiste dans une fausse route, l'assentiment qui constituait son pouvoir l'abandonne, et le pouvoir s'écroule.

Malheur donc à ceux qui, se croyant invincibles, jettent le gant à l'espèce humaine, et prétendent opérer par elle, car ils n'ont pas d'autre instrument, des bouleversements qu'elle désapprouve et des miracles qu'elle ne veut pas!